中印经典和当代作品
互译出版项目
CHINA-INDIA TRANSLATION PROJECT

灯焰

默哈德维·沃尔马诗选

Dipshikha

【印】默哈德维·沃尔马◎著
李亚兰◎译

中国大百科全书出版社

图字：01-2020-0758

图书在版编目（CIP）数据

灯焰：默哈德维·沃尔马诗选 /（印）默哈德维·沃尔马著；李亚兰译. -- 北京：中国大百科全书出版社，2023.8

书名原文: Dipshikha

中印经典和当代作品互译出版项目

ISBN 978-7-5202-1330-1

Ⅰ. ①灯… Ⅱ. ①默… ②李… Ⅲ. ①诗集—印度—现代 Ⅳ. ①I351.25

中国国家版本馆CIP数据核字（2023）第062500号

审　　校　姜景奎
责任编辑　常　川
封面设计　许润泽　叶少勇
责任印制　魏　婷
出版发行　中国大百科全书出版社
地　　址　北京阜成门北大街17号　**邮政编码**　100037
电　　话　010-88390636
网　　址　http://www.ecph.com.cn
印　　刷　中煤（北京）印务有限公司
开　　本　710 毫米 × 1000 毫米　1/16
印　　张　17.5
字　　数　235千字
印　　次　2023 年 8 月第 1 版　2023 年 8 月第 1 次印刷
书　　号　ISBN 978-7-5202-1330-1
定　　价　78.00 元

中印经典和当代作品互译出版项目
中方专家组

总序：印度经典的汉译

一、概念界定

何谓经典？经，“织也”，本义为织物的纵线，与“纬”相对，后被引申为典范之作。典，在甲骨文中上面是“册”字，下面是“大”字，本义为重要的文献，例如传说中五帝留下的文献即为“五典”[①]。《尔雅·释言》中有“典，经也”一说，可见早在战国到西汉初，“经”“典”二字已经成为近义词，“经典”也被用作一个双音节词。

先秦诸子的著作中有不少以“经”为名，例如《老子》中有《道经》和《德经》，故也名为《道德经》，《墨子》中亦有《墨经》。汉罢黜百家之后，“经”或者“经典”日益成为儒家权威著作的代称。例如《白虎通》有“五经何谓？谓《易》《尚书》《诗》《礼》《春秋》也”一说，《汉书·孙宝传》有“周公上圣，召公大贤。尚犹有不相说，著于经典，两不相损”一说。然而，由印度传来的佛教打破了儒家对这一术语的垄断。自汉译《四十二章经》以来，“经”便逐

① “典，五帝之书也。”——《说文》

渐成为梵语词 sutra 的标准对应汉译，“经典”也被用以翻译“佛法”（dharma）[①]。随着佛教在中国的传播和发展，类似以“经典”指称佛教权威著作的说法也多了起来。[②] 到了近代，随着西学的传入，“经典”不再局限于儒释道三教，而是用以泛指权威、影响力持久的著作。

来自印度的佛教虽然影响了汉语“经典”一词的语义沿革，但这又可以反过来帮助界定何为印度经典。汉译佛经具体作品的名称多以 sutra 对应“经”，但在一般表述中，“佛经”往往也囊括经、律（vinaya）、论（abhidharma）三藏。例如法显译《摩诃僧祇律》（*Mahasanghika-vinaya*）、玄奘译《瑜伽师地论》（*Yogacarabhumi-sastra*），均被收录在“大藏经”之中，其工作也统称为“译经”。来华译经的西域及印度学者多为佛教徒，故多以佛教典籍为“经典”。不过也有一些非佛教徒印度学者将非佛教著作翻译为汉语，亦多冠以“经”之名，其中不乏相对世俗、与具体宗教义理不太相关的作品，例如《婆罗门天文经》《婆罗门算经》《啰嚩拏说救疗小儿疾病经》（*Ravankumaratantra*）等。如此，仅就译名对应来说，古代汉语所说的“经典”可与 sutra、vinaya、abhidharma、sastra、tantra 等梵语词对应，这也基本囊括了印度古代大多数经典之作。

然而，古代中印文化交流也有一定的局限性，若以现在对经典的理解以及对印度了解的实际情况来看，吠陀、梵书、森林书、奥义书、往世书等古代宗教文献，两大史诗、古典梵语文学著作等文学作品，以及与语法、天文、法律、政治、艺术等相关的专门论著都是印度经典不可或缺的部分。从语言来看，除梵语外，巴利语、波罗克利特语、阿波布朗舍语等古代语言，伯勒杰语、阿沃提语等中世纪语言，印地语、孟加拉语、乌尔都语等现代语言，以及殖民时期被引入印度并在印度生根发芽的英语都在不同的历史时期承载了印度经典的传承。

---

①“又睹诸佛，圣主师子，演说经典，微妙第一。”——《妙法莲华经》卷一《序品》（T09, no. 262, c18-19）

②“佛涅槃后，世界空虚，惟是经典，与众生俱。”——白居易《苏州重玄寺法华院石壁经碑》

二、古代中国对印度经典的汉译

经典翻译，是将他者文明的经典之作译为自己的语言，以资了解、学习，乃至融合、吸纳。这一文化行为首先需要一个作为不同于自己的“他者”客体具有足以令主体倾慕的经典之作，然后需要主体“有意识”地开展翻译工作。印度文明在宗教、哲学、医学、天文等方面的经典之作具有较高的知识水平，在不同时代对中国社会各阶层产生了独特的吸引力。中印文明很早就有了互通记录，有着甚深渊源，在商品贸易、神话传说、天文历法等方面已有学者尝试考证。[①] 随着张骞出使西域，佛教传法僧远来东土，中印之间逐渐建立起“自觉”的往来，古代中国对印度经典的汉译也在汉代以佛经翻译的形式得以展开。

1. 佛教经典汉译

毫无争议，自已佚的《浮屠经》[②] 以来，佛教经典汉译在古代中国对印度经典的翻译中占有主流地位。译经人既有佛教僧人，也有在家居士，既有本土学者，也有西域、印度的传法僧人。仅以《大唐开元释教录》以及《贞元新定释教目录》的统计为例，从东汉永平十年至唐贞元十六年，这 734 年间，先后有 185 名重要的译师翻译了佛经 2 412 部 7 352 卷（见表 1），成为人类历史上少有的翻译壮举。

① 季羡林:《中印文化交流史》（北京：新华出版社，1993 年）及薛克翘:《中国印度文化交流史》（北京：昆仑出版社，2008 年）中部分内容均介绍了相关观点。

② 学术界关于第一部汉译佛经的认定，历来观点不一。不少学者认为,《四十二章经》是第一部汉译佛经；但有学者经过考证发现，西汉哀帝元寿元年（公元前 2 年）大月氏使臣伊存口授的《浮屠经》应该是第一部，可惜原本失佚，后世知之甚少。目前，学术界基本倾向于认为《浮屠经》为第一部汉译佛经，并已意识到《浮屠经》在中国佛教史及学术史上的重要地位。参见方广錩:《〈浮屠经〉考》,《法音》，1998 年第 6 期。

表 1　东汉至唐代汉译佛经规模[①]

朝代	年代	历时	重要译师人数	部数	卷数
东汉	永平十年至延康元年	154 年	12	292	395
魏	黄初元年至咸熙二年	46 年	5	12	18
吴	黄武元年至天纪四年	59 年	5	189	417
西晋	泰始元年至建兴四年	52 年	12	333	590
东晋	建武元年至元熙二年	104 年	16	168	468
前秦	皇始元年至太初九年	45 年	6	15	197
后秦	白雀元年至永和三年	34 年	5	94	624
西秦	建义元年至永弘四年	47 年	1	56	110
前凉	永宁元年至咸安六年	76 年	1	4	6
北凉	永安元年至承和七年	39 年	9	82	311
南朝宋	永初元年至升明三年	60 年	22	465	717
南齐	建元元年至中兴二年	24 年	7	12	33
南朝梁	大监元年至太平二年	56 年	8	46	201
北朝魏	皇始元年至东魏武定八年	155 年	12	83	274
北齐	天保元年至承光元年	28 年	2	8	52
北周	闵帝元年至大定元年	25 年	4	14	29
南朝陈	永定元年至祯明三年	33 年	3	40	133
隋	开皇元年至义宁二年	38 年	9	64	301
唐[②]	武德元年至贞元十六年	183 年	46	435	2 476

自东汉以后约 6 个世纪中，大量佛教经典被译为汉语，其历程与佛教在中国的传播历程基本同步。在这一过程中，涌现出许多重要译师，仅译经 50 部或 100 卷以上的译师就有 16 人（见表 2），其中又以鸠摩罗什、真谛、玄奘、义净、不空做出的贡献最为卓越，故此他们被称为“汉传佛教五大译师”。他们的生平事迹和具体贡献在许多佛教典籍中均有叙述，此不赘述。

① 本表主要依据《大唐开元释教录》整理而成，其中唐代的数据引用的是《贞元新定释教目录》。

② 唐代数据至德宗贞元十六年（800）为止，并不完整。但考虑到贞元年后，大规模译经基本停止，故此数据亦有相当高的参考价值，至贞元十六年，唐代已经译经 435 部 2 476 卷，足以确立其在中国译经史上的地位。

表 2　译经 50 部或 100 卷以上的译师

时代	朝代	人名	译经部数	译经卷数
三国西晋	吴	支谦	88	118
	西晋	竺法护	175	354
东晋十六国	东晋	竺昙无兰	61	63
		瞿昙僧伽提婆	5	118
		佛陀跋陀罗	13	125
	北凉	昙无谶	19	131
	后秦	鸠摩罗什	74	384
南北朝	宋	求那跋陀罗	52	134
	陈	真谛	38	118
	北魏	菩提留支	30	101
隋唐	隋	阇那崛多	39	192
	唐	玄奘	76	1 347
		实叉难陀	19	107
		义净	68	239
		菩提流志	53	110
		不空	111	143

自唐德宗之后，译经事业由于政局等多方面因素影响而受阻，此后又经历了唐武宗和后周世宗两次灭佛，佛教在中国的发展受到冲击。直到 982 年，随着天竺僧人天灾息和施护的到访，北宋朝廷才重开译经院，此时距唐德宗年间已有约 200 年，天灾息等僧人不得不借助朝廷的力量重新召集各地梵学僧，培养本土翻译人才。在此后的约半个世纪中，他们总计译出 500 余卷佛经。此后，汉地虽有零星译经，却再也不复早年盛况，古代中国对印度经典的汉译逐渐落下帷幕。

2. 非佛教经典汉译

佛教经典汉译占据了古代中国对古代印度经典汉译的主流，除此之外，其他一些印度经典也被译为汉语。这些文献大致可以分为两类。一类是在翻译佛教经典的过程中无意之中被译为汉语的，尤其是佛教文献中所穿插的印度民间故事等。[①]一类是在翻译佛教经典之外，有意翻译的非佛教经典，例如婆罗门教哲学、天文学、医学著作等。尽管数量无法与佛教经典相提并论，但这些非佛教经典的翻译在一定程度上体现了古代中华文明对古代印度文明的关注开始逐渐由佛教辐射到印度文明的其他领域。不过从译者的宗教信仰以及对经典的选择来看，这类汉译大部分是佛教经典翻译的附属产品。

3. 其他哲学经典汉译

佛教自产生以来，与印度其他思潮之间既有争论，也有共通之处。因而在佛教经典的汉译过程中，中国人也逐渐接触到古代印度的其他哲学。有关这些哲学派别的基本介绍散见于包括佛经、梵语工具书、僧人传记等作品中，例如《百论疏》对吠陀、吠陀支、数论、胜论、瑜伽论，甚至与论释天文、地理、算术、兵法、音乐法、医法的各种学派相关的记载、注释和批判也可以在这些作品中找到。[②]很有可能出于佛教对数论派和胜论派知识的尊重，以及辨析外道与佛法差别的需要等原因，真谛和玄奘才分别译出了数论派的《金七十论》和胜论派的《胜宗十句义论》。[③]这两部经典的汉译在一定程度上拓宽了中国知识界对印度哲学的视野，但其翻译在很大程度上受到了佛教对其他哲学派别好恶的影响，依然是在佛教经典汉译的主导思路下完成的。

4. 非哲学经典汉译

除宗教哲学经典外，古代印度的天文学、数学、医学在人类科

---

① 新文化运动以来，这一领域已有多部论著问世，此不赘述。

② 宫静:《谈汉文佛经中的印度哲学史料——兼谈印度哲学对中国思想的影响》,《南亚研究》，1985 年第 4 期，第 52~59 页。

③《金七十论》译自数论派的主要经典《数论颂》(*Samkhya-karika*)，相传为三四世纪自在黑 (Isvarakrsna) 所作。《胜宗十句义论》的梵文原本已佚，从内容看属于胜论派较早的经典著作。参见黄心川:《印度数论哲学述评——汉译〈金七十论〉与梵文〈数论颂〉对比研究》,《南亚研究》，1983 年第 3 期，第 1~11 页。

学史上也具有重要地位，其中一些著作也被译为汉语。古代印度天文学经典多以佛教经典的形式由传法僧译出。[①] 隋唐时期，天文学著作汉译逐渐出现了由非佛教徒印度天文学家主导的潮流。据《隋书》记载，印度天文著作有《婆罗门天文经》《婆罗门竭伽仙人天文说》《婆罗门天文》。[②] 瞿昙氏（Gautama）、迦叶氏（Kasyapa）和拘摩罗氏（Kumara）三个印度天文学家氏族曾先后任职于唐代天文机构太史阁，其中瞿昙氏的瞿昙悉达翻译了印度天文学经典 *Navagraha-siddhanta*，即《九执历》。[③] 此外，印度的医学、数学、艺术经典也因其实用价值通过不同渠道被介绍到中国，其中一些著作或部分或完整地被译为汉语。

5. 落幕与影响

中国古代的印度经典汉译在唐代达到巅峰，此后逐渐走向低谷，无论是数量还是质量都难以达到唐代的水平。造成这一现象的原因主要有两个方面：一方面，唐代中后期，阿拉伯帝国的崛起以及唐朝与吐蕃关系的恶化阻断了中印之间两条重要的陆路通道——西域道和吐蕃道，之后五代十国以及宋代时期，这两条通道均未能恢复，只有南海道保持畅通。[④] 另一方面，中国宗教哲学的发展和印度佛教的密教化这两种趋势决定了中国对印度佛教经典的需求逐渐下降。在近千年的历程中，佛教由一个依附于黄老信仰的外来宗教逐渐在汉地生根发芽，成为汉地宗教生活不可缺少的一部分，其作为“中国佛教”的独立性日益增强。甚至权威如玄奘，也不能将沿袭至那烂陀寺戒贤大师

---

① 例如安世高译《佛说摩邓女经》、支谦等译《摩登伽经》、竺法护译《舍头谏太子二十八宿经》等。

②《隋书·经籍志》，北京：中华书局，1982 年，第 1019 页。

③ 参见 P.C.Bagchi, *India and China: A Thousand Years of Cultural Relations*. 1981, Calcutta, Saraswat Library, p.212. 此后，依然有传法僧翻译佛教天文学著作的记载，具体参见郭书兰：《印度与东西方古国在天文学上的相互影响》，《南亚研究》，1990 年第 1 期，第 32~39 页。

④ 菩提迦耶出土的多件北宋时期前往印度朝圣的僧人所留下的碑铭证明，宋代依然有僧人前往印度朝圣，且人数不少。法国汉学家沙畹（E. Chavannes）、荷兰汉学家施古德（G. Schlegel）、印度学者师觉月（P. C. Bagchi）等国外学者在这方面均有讨论，具体参见周达甫：《改正法国汉家沙畹对印度出土汉文碑的误释》，《历史研究》，1957 年第 6 期，第 79~82 页。

的“五种姓说”完全嵌入汉地佛教的信仰之中。汉地“伪经”的层出不穷也从某种角度反映了佛教的中国本土化进程。不空等人在中国传播密教虽然形成了风靡一时的“唐密”，但未能持久。究其根本在于汉地佛教的发展受到本土儒家信仰的影响，很难与融合了婆罗门教信仰的佛教密宗契合。此外，本土儒家、道家也在吸纳佛教哲学的基础上有了新的变革。至宋代，三教合一的趋势逐渐显现，源自印度但已本土化的佛教与儒家、道家的融合进一步加深，致使对印度经典的诉求越来越少。由此，义理上的因素使得中国的知识分子不再追求印度佛教的哲学思想；再者，随着佛教在印度的衰落，以及中国佛教自身朝圣体系的建立和完善，前往印度朝圣也失去了意义。

古代中国对古代印度经典的汉译始于佛教，也终于佛教。尽管如此，以佛教经典为主的古代印度经典汉译已经在中国历史上烙下了深刻的印记，其影响是持久和多方面的。在这一过程中，译师们开创的汉译传统给后人翻译印度经典留下了巨大财富：

其一，汉译古代印度经典除早期借助西域地方语言外，主要翻译对象都是梵语经典，本土学者和外来学者编写了不少梵汉工具书。

其二，一套与古代印度宗教哲学术语对应的意译和音译相结合的汉译体系得以建立。由于佛教经典的流传，很多术语已经成为汉语的常用语，广为人知。

其三，除术语对应外，梵语作品译为汉语需要克服语法结构、文学体裁等方面的限制，其实践在一定程度上影响了汉语的一些表达法。[①] 如此等等都为后人继续翻译印度经典提供了便利之处。

更为重要的是，历史上重要的译师摸索出一套大规模翻译经典的方式方法，他们的努力对于后继的翻译工作来说具有很高的参考价值。经过早期的翻译实践，鸠摩罗什译经时便开始确立了译、论、证几道基本程序，并辅之以梵本、胡本对勘和汉字训诂，经总勘方

① 例如汉语中常见的“所 + 动词”构成的被动句就可能源自对佛经的翻译。参见朱庆之《汉译佛典中的‘所 V’式被动句及其来源》（载《古汉语研究》，1995 年第 1 期，第 29~31、45 页）及其他相关著述。

定稿。在后秦朝廷的支持下，鸠摩罗什建立了大规模译场，改变了以往个人翻译的工作方式，配合翻译方法上的完善，大大提高了译经的效率和质量。唐代译场规模更大，翻译实践进一步细化，后世记载的翻译职司包括译主、证义、证文、度语、笔受、缀文、参译、刊定、润文、梵呗等10余种之多。

此外，先人还摸索出一套翻译人才的培养模式，隋代译师彦琮曾以“八备”总结了译师需具备的一系列条件，具体内容为：

> 一诚心受法，志在益人；二将践胜场，先牢戒足；三文诠三藏，义贯五乘；四傍涉文史，工缀典词，不过鲁拙；五襟抱平恕，器量虚融，不好专执，耽于道术，淡于名利，不欲高衒；六要识梵言；七不坠彼学；八博阅苍雅，粗谙篆隶，不昧此文。[①]

这八备之中，既有对译者宗教信仰、个人品行的要求，也有对梵语、汉语表达的语言技能以及对佛教义理的知识掌握等方面的要求，今天看来，依然有很大的借鉴意义。

三、近现代中国对印度经典的汉译

佛教在印度的衰落及消亡使中印失去了最为核心的交流主题。中国对印度经典的汉译停留在以梵语为主要媒介、以佛教经典为主要对象的时代，自11世纪末[②]至20世纪初，这一停滞状态持续了数个世纪之久。19世纪中后期，印度士兵和商人随着欧洲殖民者的战舰再次来到中国，中印之间的交往以一种并不和谐的方式得以恢复。中印孱弱的国力和早已经深藏故纸堆的人文交往传统都不足以阻挡西方诸国强势的物质力量和文化力量，中印人文交往便在这新的格局中，借助西方列强构建起来的“全球化”体系开始复苏。

---

①《释氏要览》卷2，T54, no. 2127, b21-29。

② 宋神宗元丰五年（1082）废置译经院，佛教经典汉译由此不再。

由于缺乏对印度现代语言和文化的了解，早期对印度经典的译介在语言工具和主题设置两个层面均在一定程度上受制于西方的话语体系。20世纪上半叶中国对泰戈尔作品的译介便是明证。1913年，泰戈尔自己译为英语的诗集《吉檀迦利》以英语文学作品的身份获得诺贝尔文学奖，这在当时的世界文坛引起了轩然大波，对当时正在探索民族出路的中国知识分子来说同样具有很大的震撼力和吸引力。陈独秀在1915年10月15日出版的《青年杂志》上刊载了自己译自《吉檀迦利》的四首《赞歌》，为此后持续了近一个世纪并且至今依然生机勃勃的泰戈尔著作汉译工程拉开了序幕。据刘安武统计，至1949年中华人民共和国成立止，“我国翻译介绍了印度文学作品40种左右（不包括发表在报刊上的散篇）。这40种中占一半的是泰戈尔的作品”。[①] 泰戈尔在中国受到格外关注固然始于西方学术界对他的重视，但他的影响如此之大亦在于他的作品恰好满足了当时中国在文学思想领域的需求。首先，从语言文学来看，泰戈尔的主要创作语言是本土的孟加拉语，而非印度古典梵语。这引起了当时正致力于推广白话文的中国知识分子的广泛关注，并被视为白话文替代古文的成功榜样。[②] 此外，泰戈尔的文学创作，尤其他的散文诗为当时正在摸索之中的汉语诗歌提供了一个重要的参考对象。其次，从思想上来说，泰戈尔的思想与当时作为亚洲国家“先锋”的日本截然相反，为当时正在探索民族出路的中国知识分子提供了另一个标杆。于是，泰戈尔意外地成为中印之间自佛教之后的又一重大交流主题。尽管中国知识分子对其思想和实践的评价并不一致，许多学者依然扎实地以此为契机重启了中国翻译印度经典的进程。当时中国尚未建立起印度现代语言人才培养机制，因此早期对泰戈尔作

① 刘安武:《汉译印度文学》,《中国翻译》，1991年第6期，第44~46页。

② 胡适向青年听众强调泰戈尔对孟加拉语文学的贡献时说：“泰戈尔为印度最伟大之人物，自十二岁起，即以阪格耳（孟加拉）之方言为诗，求文学革命之成功，历五十年而不改其志。今阪格耳之方言，已经泰氏之努力，而成为世界的文学，其革命的精神，实有足为吾青年取法者，故吾人对于其他方面纵不满足于泰戈尔，而于文学革命一段，亦当取法于泰戈尔。”（载《晨报》，1924年5月11日）

品的汉译多转译自英语。凭借译者深厚的文学功底，不少经典译作得以诞生，尤其是冰心、郑振铎等人翻译的泰戈尔诗歌，时至今日依然在中国广为流传。

与泰戈尔一同被引介到中国的还有诸多印度民间故事文学作品。[①]如前文所述，古代翻译印度经典时就有不少印度民间故事被介绍到中国，但多以佛教经典为载体。[②]近现代以来，印度民间文学以非宗教作品的形式被重新介绍过来。这在很大程度上是因为"中国缺少创作儿童文学的传统"[③]，印度丰富的民间文学正好满足了中国读者的需求。与此同时，印度民间文学与中国文学之间的关系也日益进入中国学者的视野，"中印文学比较研究"这一新的研究领域开始初露端倪。其研究领域最广为人知的课题之一便是《西游记》中孙悟空形象与《罗摩衍那》中哈奴曼形象的渊源。当时许多新文化运动的大家都参与其中，鲁迅、叶德均认为孙悟空形象源于本土神话形象"无支祁"，胡适、陈寅恪、郑振铎则认为孙悟空形象源于哈奴曼。[④]

自西方语言转译印度经典的尝试为增进对印度的认知、重燃中国知识界和民众对印度文化的兴趣起到了积极作用，许多掌握西方语言的汉语作家投身其中，其翻译作品受到读者喜爱。然而，转译的不足也显而易见，因此，对印度经典的系统汉译需要建立一支如古代梵汉翻译团队一样的专业人才队伍。

1942年，出于抗战需要，民国政府在云南呈贡建立了国立东方语文专科学校，设有印度语科，开始培养现代印度语言人才。1946年，季羡林自德国学成回国，在北京大学创设东语系；1948年，金克木加盟东语系。1949年，国立东方语文专科学校并入北京大学东

---

① 参见刘安武：《汉译印度文学》，《中国翻译》，1991年第6期，第44~46页。
② 参见薛克翘：《中国印度文化交流史》，北京：昆仑出版社，2008年，第261~265页。
③ 刘安武：《汉译印度文学》，《中国翻译》，1991年第6期，第44~46页。
④ 参见鲁迅：《中国小说史略》，《鲁迅全集》第9卷，北京：人民文学出版社，1981年；鲁迅：《中国小说的历史的变迁》，《鲁迅全集》第9卷，北京：人民文学出版社，1981年；胡适：《〈西游记〉考证》，《胡适文存》第2集第4卷，上海：亚东图书馆，1924年；陈寅恪：《〈西游记〉玄奘弟子故事之演变》，《金明馆丛稿二编》，上海：上海古籍出版社，1982年；郑振铎《〈西游记〉的演化》，《郑振铎全集》第4卷，石家庄：花山文艺出版社，1998年；叶德均：《无支祁传说考》，《戏曲小说丛考》，北京：中华书局，1999年。

语系。东语系开设梵语 – 巴利语、印地语、乌尔都语三科印度语言专业，并很快培养出第二代印度语言专业队伍。随之，印度经典得以从原文翻译。第一代学者季羡林、金克木领衔的梵语团队翻译了印度大史诗《罗摩衍那》及以迦梨陀娑为代表的印度古典梵语文学作家的许多作品，如《沙恭达罗》《优哩婆湿》《云使》《伐致呵利三百咏》等，并启动了《摩诃婆罗多》等经典作品的翻译；旅居印度的徐梵澄翻译了《五十奥义书》[①] 及奥罗宾多创作、注释的诸多哲学著作。季羡林、金克木的弟子黄宝生等延续师尊开创的传统，完成了《摩诃婆罗多》、奥义书[②]、《摩奴法论》、古典梵语文论、故事文学作品等一系列著作的翻译。与此同时，由第二代学者刘安武领衔的近现代印度语言团队译介了大量的印地语、乌尔都语、孟加拉语等语言的文学作品，其中尤以对印地语 / 乌尔都语作家普列姆昌德和孟加拉语作家泰戈尔的作品的汉译最为突出。[③] 殷洪元对印度现代语言语法著作的翻译以及金鼎汉对中世纪印度教经典《罗摩功行之湖》的翻译也开拓了新的领域。巫白慧等学者陆续将包括"吠檀多"在内的诸多婆罗门教哲学经典译为汉语。[④] 文献资料是学术研究的基础，这一系列经典汉译成果打破了古代中国对古代印度经典汉译中存在的"佛教主导"的局限，增加了现代视角，并以经典文献为契机，首次较为全面系统地介绍了印度文明，奠定了现代中国印度学研究的基础。由这两代学者编订的《印度古代文学史》《梵语文学史》和

① 参见徐梵澄译：《五十奥义书》，北京：中国社会科学出版社，1995 年。

② 参见黄宝生译：《奥义书》，北京：商务印书馆，2010 年。

③ 刘安武自印地语译出的普列姆昌德作品（集）有《新婚》（贵阳：贵州人民出版社，1982 年）、《如意树》（上海：上海译文出版社，1983 年）、《普列姆昌德短篇小说选》（北京：人民文学出版社，1984 年）、《割草的女人：普列姆昌德短篇小说新集》（长沙：湖南人民出版社，1985 年）等，加之其他学者的译介，普列姆昌德的重要作品几乎全被译为汉语。此后，刘安武又主持编译出版了 24 卷本《泰戈尔全集》（石家庄：河北教育出版社，2000 年），泰戈尔的主要作品均被收录其中。

④ 其中重要的译著成果包括巫白慧译《圣教论》（乔荼波陀著，北京：商务印书馆，1999 年）、姚卫群译《古印度六派哲学经典》（节译六派哲学经典，北京：商务印书馆，2003 年）、孙晶译《示教千则》（商羯罗著，北京：商务印书馆，2012 年）等。

《印度印地语文学史》等著作成为中国现代印度学研究的必读文献。[①]

由于印度文化的独特之处及其在历史上形成的巨大影响力，以现代学术研究的方式开展的印度经典汉译所产生的影响进一步辐射了包括语言、文学、哲学、历史、考古等多个学科领域，并形成了一些跨学科研究领域：

其一，中印文化比较研究。由胡适等老一辈学者开创的中印文学比较研究取得了新的进展，其中一部分研究形成了中印文化交流史这一新的学术研究领域；另一部分研究成为东方文学研究领域最重要的组成部分，东南亚、西亚等区域文学研究也受益于印度文学研究的开展和所取得的成就。此外，从具体作品到文艺理论的印度文学译介也从整体上进一步拓展了比较文学研究的视野。

其二，佛教研究。现代中国对印度经典汉译的范围不再局限于传统的汉语系佛教传统经典，在许多领域都取得了新的突破。在佛教文献来源方面，开拓了对巴利语系和藏语系佛教的研究。[②] 由于梵语人才的培养，中国学者得以恢复梵汉对勘的学术传统。[③] 对非佛教宗教思想典籍的译介也使得对佛教的认识跳出了佛教自身的范畴，对其与其他宗教思想之间的互动与联系有了更加全面的认识。

其三，语言学研究。对梵语及相关语言的研究推动了梵汉对音，以及对古汉语句法的研究。一些接受了梵语教育的汉语言学学者结合古代语料，尤其是汉译佛经，对古汉语的语音、句法等做出研究。

---

① 单就印度文学翻译而言，据不完全统计，1950—2005 年，中国翻译印度文学作品（以书计）约 400 余种，其中中印关系交好的 1950—1962 年约有 70 种，关系不好的 1962—1976 年仅有 4 种，关系改善后的 1976—2005 年则有 300 余种。不过，2005 年之后，除黄宝生、薛克翘等少数学者仍笔耕不辍外，其他前辈学人逐渐“离席”，这类汉译工作进入某种冬眠期。

② 相关成果包括郭良鋆译《佛本生故事选》（与黄宝生合译，北京：人民文学出版社，1985 年）、《经集：巴利语佛教经典》（北京：中国社会科学出版社，1998 年），以及段晴等译《汉译巴利三藏·经藏·长部》（上海：中西书局，2012 年）等。

③ 自 2010 年以来，黄宝生主持对勘出版了《入菩提行论》（北京：中国社会科学出版社，2011 年）、《入楞伽经》（北京：中国社会科学出版社，2011 年）、《维摩诘经》（北京：中国社会科学出版社，2011 年）等佛经的梵汉对勘本，叶少勇以梵藏汉三语对勘出版了《中论颂》（上海：中西书局，2011 年）。

四、现状和汉译例解

尽管取得了上述成就，但由于印度文明积累深厚、经典众多，目前亟待翻译的印度经典还有很多。其中，以梵语创作的经典包括四部吠陀本集、梵书、森林书、往世书、《诃利世系》、《利论》、《牧童歌》等；以南印度语言创作的经典包括桑伽姆文学、《脚镯记》、《玛妮梅格莱》、《大往世书》、《甘班罗摩衍那》等；以波罗克利特语创作的经典包括《波摩传》等；以中世纪北印度地方语言创作的经典包括《地王颂》《赫米尔王颂》《阿底·格兰特》《苏尔诗海》《莲花公主》，以及格比尔、米拉巴伊等人的作品等；以现代印度语言创作的经典包括帕勒登杜、杰辛格尔·普拉萨德、般吉姆·钱德拉·查特吉、萨拉特·钱德拉·查特吉、拉默金德尔·修格尔、默哈德维·沃尔马、阿格叶耶等著名现当代文学家的作品以及迦姆达普拉沙德·古鲁、提兰德尔·沃尔马等人的语言学著作等。此外，20世纪以来，一些印度思想家、政治家、文学家以英语创作的作品也可列入印度现代经典之列，目前中国仅对圣雄甘地、贾瓦哈拉尔·尼赫鲁、辨喜、纳拉扬、安纳德、拉贾·拉奥、奈都夫人等人的个别作品有所译介，大量作品仍然处于有待翻译的名单之中。

这些经典汉译的背后离不开相关学者的努力。进入21世纪以来，中国大致有两支队伍从事印度经典汉译工作。第一支是自20世纪四五十年代以来成型的印度语言专业队伍，其人员构成以高等院校和研究机构从业人员为主，兼有相关外事机构从业人员，他们均接受过系统、专业的印度语言训练。第二支是20世纪初译介包括泰戈尔作品在内的印度文学作品的作家和出版业者，80年代改革开放以来，越来越多接受过英语教育的人或全职或兼职地参与到印度作品的汉译工作之中。相比第一支队伍，这支队伍的人员构成较为复杂，水平也参差不齐，但在市场经济的推动下，一些能够成为市场热点的著作往往很快就翻译过来，例如两位与印度相关的诺贝尔文学奖得主——泰戈尔和奈保尔的作品一版再版，四位印度裔布克奖得主——萨尔曼·拉什迪、阿兰达蒂·罗伊、基兰·德塞、阿拉文德·阿迪加的作品也先后译出；此外，由于瑜伽的普及，包括克里希那穆提在内的一些现代宗教家的论著也借由英语转译为汉语。一方面，随着市场化改革的需求，第二支队伍日益蓬勃发展，但其翻译质量往往难以保障。另一方面，由于现行科研体制对从事翻译和研究的人员不利，第一支队伍也面临着诸多问题。如何在接下来的实践中取长补短，或者说既要尊重市场机制的要求，又要以学术传统克服市场失灵的状况，这也是需要进一步思考的问题。

应该说，印度经典汉译主要依靠第一支队伍，原文经典翻译比通过其他语言转译更为重要。20 世纪 80 年代以来，这支队伍勤勤恳恳，笔耕不辍，为印度经典汉译做出了巨大贡献，取得了丰硕成果。然而，就现状看，除黄宝生、薛克翘等极少数学人外，这支队伍的第一代和第二代学人已然“离席”，后辈学人虽然已经加入进来，但毕竟年轻，经验不足，加之现行科研体制自身问题的牵制，后续汉译工作亟需动力。好在已有些年轻人在这方面产生了兴趣，其汉译意识很强，对印度梵文原典和中世纪及现当代原典的汉译工作的理解也令人刮目。可以预见，印度经典汉译将会迎来又一个高潮，汉译印度经典的水平也将有新的提升。

从某种角度说，在前文罗列的种种有待翻译的印度经典中，印度中世纪经典尤为重要。中世纪时，随着传统婆罗门教开始融合包括佛教、耆那教等在内的异端信仰与民间的大众化宗教传统，加之伊斯兰教的进入，印度进入了一个新的“百家争鸣”时代。这一时期留下了许多经典之作，它们对后世印度的宗教、社会、文化均产生了重要影响。长期以来，中国对印度中世纪经典的译介几乎一片空白，仅有一部《罗摩功行之湖》和零星的介绍。近年来，笔者组织团队着手翻译印度中世纪经典《苏尔诗海》，并初步总结了以下心得：

第一，经典汉译并非简单的语言转换，除需要精通相关语言外，还需要译者具备与印度文化相关的背景知识，以便能够精准地理解原文含义。例如，在一首描写女子优雅体态的艳情诗中，作者直接以隐喻的修辞手法描述了包括莲花、大象、狮子、湖泊等在内的一系列自然景象和动植物，若不熟悉印度古代文学中一些固定的比喻意象，则很难把握这首诗的含义。[1] 由于审美标准不同，被古代印度诗人视为美丽的“象腿”在当今语境中已经成为足以令女子不悦的比喻。此类审美视角需要辅之以例如《沙恭达罗》中豆扇陀国王对沙恭达罗丰乳肥臀之态的称赞才能理解。

第二，古代中国对古代印度经典汉译的传统在很大程度上为现代翻译经典提供了以资借鉴的便利，譬如许多专有词在汉语中已有完全对应的词可供选择，省去了译者的诸多麻烦。但是，这也要求译者了解相关传统，并能将其中的一些内容为己所用；同时，还应避免由于古代中国对古代印度经典翻译在视角、理解上的偏差所带来的问题。例如，triguna 这一数论哲学的基本概念已由真谛在《金七十论》中译为“三德”，后来的《薄伽梵歌》等哲学经典的汉译也已沿用，新译经典中便不宜音译为“三古纳”之类的新词。此外，由于受佛教信仰的影响，一些读者在看到“三德”时往往容易将之与佛教中所说的法身德、般若德、解脱德等其他概念联系起来，对此需要给出注释加以说明以免误解。

第三，现代中国对现代印度经典的汉译虽然已经取得了不俗的成绩，但由于时间、人员等条件的限制，在翻译体例、内容理解等方面依然存在不少可改进之处。

笔者以《苏尔诗海》中黑天的名号为例予以说明。黑天是印度教大神毗湿奴最重要的化身之一，梵语经典中通常称之为 Krsna，字面义为“黑”，汉语之所以译为“黑天”，很可能是因为汉译佛经将婆罗门教诸神（deva）译为“天”，固在 Krsna 的汉语译名“黑”之后加上了“天”，大约与 Brahma 被译为“梵天”、Indra 被译为“帝释天”，以及 Sri 被译为“吉祥天”等相当。后世对相关经典文献的介绍都沿用了这一名称。然而，若实际对照各类经典，可以发

① 参见姜景奎等:《〈苏尔诗海〉六首译赏》，载《北大南亚东南亚研究》(第一卷)，北京：中国青年出版社，2013 年，第 261~262 页。

现毗湿奴名号繁多。[1]中世纪印度语言继承并发扬了这一传统，在伯勒杰语《苏尔诗海》中，黑天的名号有数十种之多，其中仅字面义为“黑”的常见名号就有四个，分别是 Krsna、Syama、Kanha、Kanhaiya。这四个名号之中只有 Krsna 是标准的梵语词，且使用最少，只用于黑天摄政马图拉之后人们对他的尊称；其他三个均为伯勒杰语词，多用于父母家人、玩伴女友对童年和少年黑天的称呼。因此，汉译中如果仅使用天神意义的“黑天”一名就违背了《苏尔诗海》所描述的黑天的成长情境。为此，结合不同名号的使用情况以及北印度农村生活的实际情况，笔者重新翻译了其他三个名号，即将多用于牧女和同伴对少年黑天称呼的 Syama 译为“黑子”，多用于父母和其他长辈对童年黑天称呼的 Kanha 和 Kanhaiya 分别译为“黑黑”和“黑儿”。此外，还有一些名号或表明黑天世俗身份，或描述黑天体态，或宣扬黑天神迹，笔者也重新进行了翻译，例如：nanda-namdana“难陀子”、madhava“摩图裔”等称呼说明了黑天的家族、家庭身份，kesau“美发者”、srimukha“妙口”等以黑天身体的某一部分代指黑天，giridhara“托山者”、manamohana“迷心者”等以黑天在其神迹故事中的表现代指黑天，等等。

结合以上几方面的思考，《苏尔诗海》汉译实际上兼具深入而系统的研究性质，包括四部分。第一，校对后的原文。到目前为止，印度出版了多个《苏尔诗海》版本，各版本虽大同小异，但仍有差异，笔者团队搜集到影响较大的几个主要版本，并进行核对比较，最后确定一种相对科学的原文进行翻译研究。第二，对译。从经典性和文献性出发，尽可能忠实于原文，在体例选择上尽量保持诗词的形态，在内容上尽量逐字对应，特殊情况则以注释说明。第三，释译。从文献性和思想性出发，尽可能客观地阐明原文所表现的文献内容和宗教思想。该部分为散文体，其中补充了原文省略的内容并清楚地展现出情节的发展、人物的心理变化以及作品的思想内涵。

① 参见葛维钧:《毗湿奴及其一千名号》(载《南亚研究》，2005 年第 1 期，第 48~53 页)及相关著述。

第四，注释。给出有关字词及行文的一些背景知识，例如神话传说故事、民间信仰、生活习俗、哲学思想等，以及翻译中需要说明的其他问题。

试以下述例解说明：

【原文】略[①]

【对译】

此众得乐自彼时

听闻诃利[②]你之信，当时即刻便昏厥。

自隐蔽处蛇[③]出现，欣喜尽情吸空气。

鹿[④]心本已忘奔跃，复又撒开四蹄跑。

群鸟大会高高坐，鹦鹉[⑤]言称林中王。

杜鹃[⑥]偕同自家族，咕咕欢呼唱庆歌。

自山洞中狮子[⑦]出，尾巴翘到头顶上。

自密林中象王[⑧]来，周身上下傲慢增。

如若想要施救治，莫亨[⑨]现今别耽搁。

苏尔言，

如若罗陀[⑩]再这般，一众敌人大欢喜。

【释译】

黑天离开牛村很久了，养父难陀、养母耶雪达以及全村的牧人牧女都非常思念他，希望他能回来看看。牧女们对黑天的思念尤为强烈，其中又以罗陀最甚。罗陀是黑天的恋人，两人青梅竹马，两

① 由于原文字体涉及较为复杂的排版问题，这里仅呈现该首诗的对译、释译和注释三部分，原文略。本诗为《苏尔诗海》（天城体推广协会版本）第 4 760 首，参见 Dhirendra Varma, *Sursagar Sara Satika*, Sahitya Bhavan Private Ltd., 1986, No. 181, p.334.

② 诃利，原文 Hari，“大神”之义，黑天的名号之一。

③ 此处以蛇代指罗陀的发辫，意在形容发辫柔软纤长、乌黑发亮。

④ 此处以鹿的眼睛代指罗陀的眼睛，意在形容眼睛大而有神、灵动美丽。

⑤ 此处以鹦鹉的鼻子代指罗陀的鼻子，意在形容鼻子又挺又尖、美妙可爱。

⑥ 此处以杜鹃的声音代指罗陀的声音，意在形容声音甜美悠扬、清脆嘹亮。

⑦ 此处以狮子的腰代指罗陀的腰，意在形容腰身纤细柔顺、婀娜灵活。

⑧ 此处以大象的腿代指罗陀的腿，意在形容腿脚步态从容、端庄稳重。

⑨ 莫亨（原文 mohana），黑天的名号之一。

⑩ 罗陀（原文 Radha），黑天最主要的恋人。

小无猜，曾经你欢我爱，形影不离。可是，黑天自离开后就再也没有回来过，甚至连信也没有寄过一封。伤离别，罗陀时刻处于煎熬中。为了教育信奉无形瑜伽之道的乌陀，也为了看望牧区故人，黑天派乌陀来到牛村，表面上让他传授无形瑜伽之道，实则置他于崇尚有形之道的牛村人中间，让他迷途知返。乌陀的到来，打乱了牛村人的生活。一者，牛村人沉浸在思念黑天的离情别绪之中，乌陀破坏了气氛，于表面的宁静之中注入了不宁静。二者，牛村人本以为乌陀会带来黑天给予牛村的好消息，但适得其反，乌陀申明自己是为传授无形的瑜伽之道而来，甚至说是黑天派他来传授的，牛村人对此不解、迷茫。他们崇尚有形，膜拜黑天，难道黑天完全抛弃了他们？他们陷入了更深一层的痛苦之中。三者，对牧区女来说，与黑天离别本就艰难，但心中一直抱有再次见面再次恋爱的期望，乌陀的到来打消了她们的念头，从精神上摧毁了她们。其中，罗陀尤甚，她所遭受的打击要比别人更甚。由此，出现了本诗开头提及的罗陀晕厥以及晕厥之后乌陀“看到”的情况，具体内容是乌陀向黑天口述的：

乌陀对黑天说道：“黑天啊，你的恋人罗陀非常思念你，她忍受离别之苦，渴望与你相见。可是，你却让我去向她传授无形的瑜伽之道。唉，她一听到是你让我去的，当即就昏了过去，倒在地上，不省人事。唉，真是凄凉啊！这边罗陀昏迷不醒，那边动物界却出现了一派喜气景象：黑蛇从洞里出来了，它高兴地尽情享受空气；此前，罗陀的又黑又亮的长发辫曾使它羞于见人，认为自己形体丑陋，不得不躲藏起来。已经忘记奔跑的小鹿出来了，它撒开四蹄，愉悦地到处奔跳；此前，罗陀那明亮有神的大眼睛曾使它羞于见人，认为自己的眼睛丑陋，不敢出来乱逛。鹦鹉出来了，它参加群鸟大会，坐在高高的枝丫上，声称自己是林中之王；此前，罗陀又尖又挺的鼻子曾使它羞于见人，认为自己的鼻子丑陋，躲藏起来。杜鹃鸟出来了，它和同族一起，咕咕叫个不停，欢庆胜利；此前，罗陀那甜美悠扬的声音曾使它感到拘束，认为自己的声音难听，不敢开口。狮子从山洞中出来了，他得意扬扬，悠闲自在，尾巴翘到了头顶上；此前，罗陀纤细柔软的腰肢曾使它羞于见人，认为自己的腰肢粗笨僵硬，不敢示人，躲进山洞。大象从茂密的森林里出来了，它一步一昂头，傲慢自大，目中无人，盛气凛然；此前，罗陀稳重美丽的妙腿曾使它自惭形秽，认为自己的腿丑陋不堪，羞于展露，躲进森林。唉，黑天啊，你快救救罗陀吧，如果再不行动，稍后想要施救就来不及了……”

“此众得乐自彼时”是本诗的标题，意思是罗陀晕倒之时，即是众动物高兴之时。它们羞于与罗陀相比，虽然视罗陀为敌，却不敢直面罗陀，纷纷逃遁躲藏。听说罗陀遭到黑天抛弃，晕厥不醒，它们自然高兴，便迫不及待地恢复了原来的自由生活。“如若罗陀再这般，一众敌人大欢喜”，是诗外音，是苏尔达斯的总结性话语。在这首诗里，苏尔达斯主要展现了罗陀的美，但整首诗中没有出现任何对罗陀的溢美之词，没有提到罗陀的名字，更没有提到她的发辫、眼睛、鼻子、声音、腰肢和腿等，甚至没有提到蛇、鹿、鹦鹉、杜鹃鸟、狮子和大象的相关部位，仅以这些动物对罗陀晕厥不醒后的反应进行阐释，这就给听者和读者留下了巨大的想象空间，似形似景，情景交融。这种手法似乎是印度特有的，其审美视角值得深入研究。

上述例解仅为笔者及笔者团队对于印度中世纪经典汉译的一己之见，希望能开拓印度经典汉译与研究的新视角、新路子，以期印度经典在中国能得到更为深入系统的翻译与研究。

五、中印经典及当代作品互译出版项目

2013 年初，笔者与时任中国大百科全书出版社社长龚莉女士、副总编辑马汝军先生和社科分社社长滕振微先生合作，提出了“中印经典和当代作品互译出版项目”的动议。该动议得到相关单位的

积极回应。2013 年 5 月李克强总理访印期间，国家新闻出版广电总局和印度外交部签署合作文件，决定启动“中印经典和当代作品互译出版项目”，并写入两国发表的联合声明（第 17 条）。2014 年 9 月，习近平主席访问印度，该项目再次被写入两国发表的联合声明（第 11 条）。该项目成为中印两国的重大文化交流项目之一。双方商定，双方各翻译对方的 25 种图书，以 5 年为期。2016 年 5 月，国家新闻出版广电总局印发“关于实施《“十三五”国家重点图书、音像、电子出版物出版规划》的通知”，该项目被列入“‘十三五’国家重点图书出版规划”。在此期间，笔者与薛克翘先生商量组织翻译团队事宜。我们掰着指头算，资深的老辈学人几乎都不能相扰，后辈学人又大多刚刚走上工作岗位，有的还在求学，翻译资质存疑。我俩怎一个愁字了得！然，事情得做，学人得培养。我们决定抓住机遇，大胆启用后辈学人，为国家培养出一支新的汉译团队。因此，除薛克翘、刘建、邓兵等少数几位前辈学人外，我们的翻译成员绝大多数在 40 岁左右，有的还不过 30 岁。两三年的实践证明，我们的决定完全正确。新生代学人知识全面，学习能力强，执行能力更强。从已完成待出版的成果看，薛克翘先生对审读过的一本书的评价最能说明问题：“字里行间，均见功夫。”译文质量是本项目的重中之重。除薛克翘、刘建和笔者外，我们邀请了黎跃进教授、石海军研究员和邓兵教授作为特约编审，约请了尼赫鲁大学的狄伯杰（B. R. Deepak）教授以及德里大学的阿妮达·夏尔马（Anita Sharma）教授和苏林达尔·古马尔（Surinder Kumar）先生作为印方顾问，对译文质量进行全面把关。译者完成翻译后，译稿首先交予编审审校，如遇大问题时向印方顾问咨询，之后返予译者修改。如有必要，修改稿还需经过编审二次审校，译者再次修改。这以后，稿件才会交予出版社编辑进行审读，发现问题再行修改……我们认为，唯如此，译文质量才能得到保障，译者团队才能得到锻炼。

本项目是中印两国的重大文化交流项目之一。因此，印度方面也有相应团队，负责汉译印的工作，由上文提及的狄伯杰教授领衔，由印度国家图书托拉斯负责实施。需要指出的是，双方翻译的作品并非译者自选，而是由双方专家通过充分沟通磋商确定。汉译作品的选定过程是这样的，笔者先拟定了50多种印度图书，这些书抑或是中世纪以来有重要影响的经典巨著，比如《苏尔诗海》《格比尔双行诗集》和《献牛》等，抑或是印度独立以后获得过印度国家级奖项的作家之名作，如默哈德维·沃尔马、毗什摩·萨赫尼、古勒扎尔的代表作等。而后，笔者请相熟的印度学者从中圈定出30种。之后，国家新闻出版广电总局的相关领导、中国大百科全书出版社的龚莉社长和滕振微先生以及笔者本人专赴印度，与印方专家组进行面对面的交流探讨，最终确定了25种汉译印度图书名录。印度团队的印译中国图书名录的选定过程与此类似。具体的汉译书单如下表：

序号	书名	作者	备注
1	苏尔诗海 *Sursagar*	苏尔达斯 Surdas	诗歌
2	格比尔双行诗集 *Kabir Dohavali*	格比尔达斯 Kabirdas	诗歌
3	献牛 *Godan*	普列姆昌德 Premchand	长篇小说
4	帕勒登杜戏剧 *Bharatendu Natakavali*	帕勒登杜 Bharatendu	戏剧
5	普拉萨德作品集 *Prasad Rachna Sanchayan*	杰辛格尔·普拉萨德 Jaishankar Prasad	戏剧、诗歌、短篇小说
6	鹿眼女 *Mriganayani*	沃林达温拉尔·沃尔马 Vrindavanalal Verma	长篇小说
7	献灯 *Deepdan*	拉默古马尔·沃尔马 Ramkumar Verma	独幕剧
8	灯焰 *Dipshikha*	默哈德维·沃尔马 Mahadevi Verma	诗歌
9	谢克尔传 *Shekhar: Ek Jeevani*	阿格叶耶 Ajneya	长篇小说
10	黑暗 *Tamas*	毗什摩·萨赫尼 Bhisham Sahni	长篇小说
11	肮脏的边区 *Maila Anchal*	帕尼什瓦尔·那特·雷奴 Phanishwar Nath Renu	长篇小说
12	幽闭的黑屋 *Andhere Band Kamare*	莫亨·拉盖什 Mohan Rakesh	长篇小说

续表

序号	书名	作者	备注
13	宫廷曲调 *Raag Darbari*	室利拉尔·修格勒 Shrilal Shukla	长篇小说
14	鸟 *Parinde*	尼尔莫勒·沃尔马 Nirmal Verma	短篇小说
15	班迪 *Aapka Banti*	曼奴·彭达利 Mannu Bhandari	长篇小说
16	一街五十七巷 *Ek Sadak Sattavan Galiyan*	格姆雷什瓦尔 Kamleshwar	长篇小说
17	被抵押的罗库 *Rehan par Ragghu*	加西纳特·辛格 Kashinath Singh	长篇小说
18	印度与中国 *India and China*	师觉月 P. C. Bagchi	学术著作
19	向导 *Guide*	纳拉扬 R. K. Narayan	长篇小说
20	烟 *Dhuan*	古勒扎尔 Gulzar	短篇小说、诗歌
21	那时候 *Sei Samaya*	苏尼尔·贡戈巴泰 Sunil Gangopadhyaya	长篇小说
22	一个婆罗门的葬礼 *Samskara*	阿南特穆尔蒂 U. R. Ananthamurthy	短篇小说
23	芥民 *Chemmeen*	比莱 T. S. Pillai	长篇小说
24	印地语文学史 *Hindi Sahitya ka Itihas*	罗摩金德尔·修格勒 Ramchandra Shukla	学术著作
25	棋王奇着 *The Chessmaster and His Moves*	拉贾·拉奥 Raja Rao	长篇小说

毫无疑问，这些作品均是印度中世纪以后的经典之作，基本上代表了印度现当代文学水准，尤其反映出印地语文学的概貌。我们以为，通过这些文字，中国读者可以大体了解印度现当代文学的基本情况。

就本项目而言，笔者在这里需要表达由衷谢意：

首先，感谢原国家新闻出版广电总局的相关领导，没有他们的认可，本项目不可能正式立项。其次，感谢中国大百科全书的前社长龚莉女士、前副总编辑马汝军先生和前社科分社社长滕振微先生，没有他们的奔走，本项目不可能成立。再次，感谢中国大百科全书出版社社长刘国辉先生及诸位编辑大德，没有他们的付出，本项目不可能实施。感谢另两位主编薛克翘先生和刘建先生，两位前辈不仅担当主编、审校工作，还是主要译者；他们是榜样，也是力量。十分感谢黎跃进和邓兵两位教授，两位是特邀编审，邓兵教授也是译者，他们认真负责的精神令人起敬。感谢印度尼赫鲁大学的狄伯杰教授以及德里大学的阿妮达·夏尔马教授和苏林达尔·古马尔先生，他们的付出为本项目的实施提供了某种保障。特别感谢石海军研究员，他是特邀编审之一，可惜天不假年，他于2017年5月13日凌晨突然辞世，享年仅55岁，天地恸哭，是中国印度文学研究的一大损失！最后，感谢翻译团队的诸位译者，他们是新时代的精英，是中国印度研究领域的后起之秀，他们的成就由读者面前的文字可见一斑。

祝福诸位，祝福所有为本项目的立项和实施有所付出的先生大德们！

自《浮屠经》以来，汉译印度经典已有两千多年的历史。这一人类历史上少有的浩大文化工程背后既有对科学技术的追求，也有对宗教信仰的热忱；既有统治者的意志，也有普通民众的需求。印度经典汉译一方面极大地丰富了中华文化，另一方面也保存和传播了印度文化；既形成了自己的学术传统，又推动了许多相关领域研究的发展。时至今日，在中印关系具有特殊意义的大背景下，继续推进对印度经典的汉译在两国关系层面有助于加深两国之间的认知和了解，构建更为均衡、更为深厚的国际关系，在学术研究层面也有助于推动相关领域研究的继续发展。

姜景奎

北京燕尚园

2017年12月31日

2019年12月25日修订

译者前言

默哈德维·沃尔马及其诗歌创作

默哈德维·沃尔马（Mahadevi Verma，1907 ~ 1987年）是印度家喻户晓的女诗人、散文家，也是印地语阴影主义文学的主要代表作家之一。她的诗歌以神秘与感伤著称，语言优美，韵律流畅，寓意深刻，风格独树一帜，文学评论家赞誉其"最能代表印地语阴影主义文学的特征"[①]。她的诗歌具备深沉的哲学思考、热烈的虔爱与痛苦情感、富有音律之美的语言节奏与富有绘画美的意象塑造等特质，成为印度文学宝库中不容忽视的珍宝。除诗歌创作之外，默哈德维·沃尔马还进行了散文创作。她所创作的回忆录散文以独特的白描手法自成一家，开创了印地语散文创作新的文体类型；她就女性问题、文学语言、印度文化等相关主题所创作的杂文，体现了在当时的时代背景之下她对自身文化、女性命运的严肃思考，富有启

① Karine Schomer，*Mahadevi Verma and the Chhayavad Age of Modern Hindi Poetry*，Delhi: Oxford University，1998，p.90.

蒙意义。在文学创作之余，默哈德维·沃尔马还热心于社会活动。作为甘地主义的追随者，她关注社会底层人民特别是印度女性的命运。她一生任教于布拉雅格女子学院（Prayag Mahila Vidyapith），致力于推动印度女性教育事业的发展；她关心印度文化的继承与作家利益的保护，与许多著名的印地语作家保持良好互动，积极提倡作家之间的交流合作，推动印地语文学的发展，并创立作家大会（Sahityakar Samsad）。因此在20世纪的印度，默哈德维·沃尔马不仅因其在印地语文学领域取得的杰出成就获得赞誉，更以其独立自主的女性形象及甘于奉献的高尚品质获得广泛的尊重。

一、默哈德维·沃尔马的生平经历

默哈德维·沃尔马于1907年3月24日[①]出生于北方邦的伐卢克巴德市（Farrukhabad）。她的家族属于北印度伽耶斯特（Kayastha）种姓的一支。伽耶斯特种姓是印度土邦内官僚之间互相通婚而形成的一个种姓。属于这一种姓的人，其最初种姓来源涵括了雅利安种姓的各个阶层，且几乎都是从事与写作相关的工作，如书记员、官员、教育家等。这一种姓十分重视教育，大多数人受教育程度较高。进入20世纪之后，在达耶难陀（Dayanand Saraswati）领导的圣社（Arya Samaj）所发起的一系列宗教社会改革运动的影响下，属于这一种姓的家族在反对童婚、重视女性教育、将印地语作为教育媒介等问题上表现得十分积极。默哈德维的祖父曾在奥德（Oudh）地区受雇于英国行政官，父亲戈宾德伯勒萨德（Govindprasad）是一名英

① 关于默哈德维·沃尔马的出生年份，学者间存在争议。默哈德维·沃尔马的传记作者卡琳·施墨尔（Karine Schomer）在其著作中认为是1902年。本书根据印度学界普遍的观点，采用1907年的说法。

语教师，曾执教于印多尔地区的一所王公学院，还曾担任过纳尔辛格格勒哈地区（Narsinghgarh）的政府官员。他喜欢英语及乌尔都语文学，对印地语及印地语文学抱有好感。在社会改革主张上，他追随圣社，坚定地支持女性接受教育，并重视女儿的学习，成为鼓励默哈德维自由成长的重要支持力量。默哈德维的母亲海玛拉尼·戴维（Hemrani Devi）来自中央邦贾巴尔普尔（Jabalpur）地区的一个传统保守的毗湿奴教派家庭，虽未受过正规教育，但是对流传于本德尔肯德（Bundelkhad）地区的虔诚诗歌的说唱传统非常着迷，熟悉杜勒西达斯（Tulsidas）、格比尔（Kabir）和米拉巴伊（Mirabai）等中世纪诗人的诗作，善于哼唱传统的民间歌谣，熟悉众多的传说和谚语等。默哈德维最终成长为一名阴影主义诗人，与幼年时期母亲对她的影响密不可分。从母亲那里，她获得了基本的宗教意识，母亲对印度教的虔诚与奉献精神影响了她对待传统宗教与文化的态度。不仅如此，她还从母亲日常宗教仪式的哼唱中领略了中世纪虔诚诗歌的美妙，这些来自印度传统文化的诗歌及其韵律，为默哈德维成长为女诗人提供了最初的滋养。

在良好的家庭环境中成长的默哈德维，在感受父母言传身教的同时，也接受了优质的教育。1912年，年仅5岁的默哈德维被送入印多尔的一所罗马天主教会学校学习。同时，家中还专门为她聘请了一位梵语教师、一位阿拉伯语教师（一说教授乌尔都语）、一位绘画教师和一位音乐教师，教她语言、绘画及音乐。幼年的默哈德维并不喜欢英语诗歌，对教授阿拉伯语的大胡子老师也十分惧怕，只对梵语老师倍感亲切。在梵语老师的指导下，默哈德维开始学习创作伯勒杰语（Braj）诗歌。尽管有音乐老师教授她印度传统音乐，但是她更喜欢听母亲唱赞颂诗，或者跟家里仆人的孩子们一起学唱民间歌谣。坐在母亲身边，听她唱诵米拉巴伊、苏尔达斯、杜勒西达斯的诗歌时，默哈德维慢慢开始模仿母亲的唱词用伯勒杰语写下幼稚的诗句。与此同时，随父亲一起参加圣社活动时所听到的一些使用现代印地语唱诵的赞颂歌[①]，从家里订阅的《文艺女神》（सरस्वती）杂志上阅读到的著名诗人迈提里谢仑·古伯德（Maithilisharan Gupta，1886~1964年）发表的诗歌等，使她逐渐接触并熟悉使用印地语创作诗歌。8岁时，默哈德维模仿当时的印地语诗文韵律，创作了第一首印地语诗歌。

印多尔作为旧派贵族掌管的土邦，没有受到其时印度社会改革之风的洗礼，文化氛围仍然十分保守，女性在社会中的地位较低，上层阶级的女性一直遵守闺阃制度的传统。母亲恪守传统女性的职责，终日操持家务、祭拜神灵，她传统的家庭主妇形象影响了女儿的成长，使年幼的默哈德维不禁开始思考自己作为女性的命运。此外，生活中目睹的一些与女性命运相关的悲惨事件，在默哈德维心中引起震动，激发了她的反抗意识，并促使她成年后更加深刻地思考自身作为女性的命运以及印度社会的女性问题。在默哈德维成名后的回忆散文中，她以逼真的笔触再现了幼时所见，表达了她对底层人民深刻的同情与悲悯。或许基于此，对加诸她的印度女性命运，年幼的默哈德维不自觉地做出了反抗。1916年，按照当时的传统，在祖父的殷切期望下，年仅9岁的默哈德维被安排了童婚。婆家是位于联合省巴雷利（Bareilly）地区的地主家庭，丈夫名为斯瓦卢布纳拉扬·沃尔马（Svarupnarayan Verma），那时还正在阿格拉（Agara）读书。默哈德维对这场被安排的童婚毫无印象，年幼的她本能地抗

① （Bhajan）一种传统音乐形式，又被译作“拜赞歌”。原是印度教徒、耆那教徒、锡克教徒用以表达虔诚信仰的歌乐，歌词多源于虔诚文学时期的诗歌。

拒，不愿被禁锢，在婚礼后被送到丈夫家的一个星期里，她不吃不喝一直流泪反抗。最终，虚弱的童婚新娘默哈德维被送回了娘家，双方父母决定推迟四五年再让她住到新郎家以完成婚礼的最后仪式。童婚对默哈德维接受学校教育造成了影响，因新郎的父亲反对妇女接受教育，默哈德维一度被迫中断学习。

1919年，新郎父亲逝世，默哈德维在父亲的支持下，重新获得学习机会，进入位于阿拉哈巴德的格勒斯怀特学院（Crosthwaite College）学习。格勒斯怀特学院是当时北印度仅有的两所专为女性提供高等教育的世俗学校之一。最早设立在勒克瑙（Lucknow），后因保守的勒克瑙地区一些人的反对而搬迁到社会氛围较为开明的阿拉哈巴德市。这所学校的学生均为女性，以印地语授课，重视英语教育，校园环境氛围十分安全，颇受当时追求上层社会的文雅作派但又不失民族主义情怀的中产阶级家庭的欢迎。默哈德维・沃尔马求学期间，格勒斯怀特学院的校长作为甘地主义的追随者，积极投身甘地领导的民族解放运动，宣传甘地的主张，鼓励学生积极参与政治运动并组织多种文化活动，如建立印地语辩论大会（Hindi Debating Society）以促进印地语的发展。在这种氛围的影响下，默哈德维成为印地语活动的组织者和积极参与者，经常参加一些以民族主义为议题的辩论和作文大赛，她出色的文笔、成熟稳重的性格受到老师的重视。她经常作为学校代表参加全国性的印地语辩论大赛以及诗会活动。1922年，她以全省最优的成绩通过中学考试，获政府奖学金。1925年，默哈德维以优异的成绩从高中毕业，并再次获得奖学金继续进行学士学位的攻读，这对当时的女性来说是十分难得的机会。

阿拉哈巴德市活跃的文化氛围同时也为默哈德维在文学道路上

的成长提供了养分。阿拉哈巴德市人文气氛浓厚，默哈德维求学期间，这里繁荣的文化活动吸引了许多来自不同城市的知识分子。印地语文学爱好者们在这里组织了颇具规模的印地语文学社团，举办诗会等文学活动，创办报刊杂志等。一些文学杂志如《月亮》（चाँद）也在此创立，并在印地语诗人、作家群体的推动下在北印度形成广泛的影响。在学院学习梵语、哲学、英语等课程的同时，默哈德维在幼年时即开始的诗歌创作也得以继续。到阿拉哈巴德之初，受传统家庭教育的影响，她的诗歌作品在题材及形式上仍是伯勒杰诗歌样式[①]。随着越来越多地接触民族主义思想，特别是受到同窗好友、民族主义爱国女诗人苏珀德拉·古马利·觉杭（Shubhadra Kumari Chauhan）[②]影响，她开始创作一些爱国主义及女性题材的诗歌。1922年，她在《月亮》杂志的创刊号上发表了两首诗，受到好评。一位远在拉贾斯坦邦的出版商甚至表示希望为默哈德维出版一本诗集以鼓励她继续创作，其他女性杂志也纷纷向她约稿。在《月亮》杂志创刊的第一年，默哈德维几乎每月都在这本杂志上发表诗歌。此外，她还在该杂志举办的诗赛中多次摘得大奖。在当时女性诗人比较少见的情况下，许多杂志的读者甚至谣传默哈德维发表的诗歌是《月亮》杂志的男编辑所作[③]。就这样，年轻的默哈德维·沃尔马以杰出的诗歌创作才华逐渐走入印地语读者的视野。

默哈德维为《月亮》等杂志所创作的以女性为题材的诗歌，一方面带有德维威蒂时代主题鲜明且形式僵化的特征，另一方面在风格上又显示出女性特有的伤感色彩。这些诗歌受到了读者的欢

① 默哈德维最早所作的诗歌样式被称为Samasya-Purti，是一种梵语文学传统诗歌形式，即先给出特定的一组韵，让写作者按韵填词，类似于中国古代诗歌中的对诗。

② 印度民族主义女诗人，诗歌代表作为《占西女王》（झांसी की रानी）。

③ See Karine Schomer, *Mahadevi Verma and the Chhayavad Age of Modern Hindi Poetry*, Delhi: Oxford University, 1998, p.182.

迎，在杂志上发表后还被多次重印。随着默哈德维的诗名渐渐得到传播，她开始越来越多地参与阿拉哈巴德市的文化活动，比如受邀代表格勒斯怀特学院参加诗歌大会，组织布拉雅格女子学院的女诗人大会等。其间，她先后认识了同时代其他许多重要的作家和诗人，如苏米德拉南登·本德（Sumitranandan Pant，1901~1977年）、伯金（Harivansh Rai Bacchan，1907~1981年）、珀格沃蒂杰仑·沃尔马（Bhagavaticharan Varma，1903~1981年）、谢利特尔·巴特格（Shridhar Pathak，1859~1928年）[①]等。其中，谢利特尔·巴特格和苏米德拉南登·本德对她影响最大。前者作为印地语诗歌德维威蒂时代向阴影主义时代过渡时的代表诗人，鼓励默哈德维坚持探索自己的诗歌创作风格。而后者，作为阴影主义诗歌的代表诗人之一，直接影响了默哈德维的诗歌创作。默哈德维早期诗集中的一些作品，无论从语言还是题材都明显可以看出对本德诗歌的模仿痕迹。默哈德维在阿拉哈巴德的诗会上结识本德，在随后的人生历程中，一直将他视为兄弟，与之保持了很好的私人友谊。在这些诗人的影响下，默哈德维走向抒情诗的创作，并逐渐形成自己的诗歌创作风格。1930年，她出版了第一本诗集《雾》（*नीहार*）。

第一部诗集《雾》出版后，默哈德维诗歌创作的才华为更多读者所知。1931年，阿拉哈巴德的《婆罗多》杂志（*भारत*）编辑出版了一期印地语女诗人诗歌选集《女诗人之月华》（*स्त्री कवि कौमुदी*），其中选取了默哈德维的一些诗歌。这期诗歌选集引起了文学界的广泛兴趣，诗集偶然地以中世纪女诗人米拉巴伊的诗歌开始，到默哈

① 早期印地语浪漫诗人，曾于1886年用拉沃尼调翻译了英国浪漫主义诗人哥尔德斯密（Oliver Goldsmith）的《隐居修道者》（*एकांत वासी योगी*, *The Hermit*）。其代表作包括《克什米尔之美》（*कश्मीर सुषमा*）、《印度之歌》（*भारत गीत*）、《欢乐》（*मनोविनोद*）等，诗歌中歌唱对大自然的爱以及一般人民的生活，体现了印地语诗歌中浪漫主义的萌芽。

德维的诗歌结束，为人们将默哈德维与米拉巴伊进行关联提供了想象空间。1932年，默哈德维的第二部诗集《光》(रश्मि)出版，人们开始将她与米拉巴伊相提并论，讨论她们诗歌中的虔爱情感与离苦主题。

诗名渐长的同时，默哈德维历经抗争，摆脱了童婚的束缚，使得家人接受她不婚的选择，并继续求学。1930年，梵语专业本科毕业后的默哈德维进入阿拉哈巴德大学梵语系攻读硕士学位。在此之前，因身体原因默哈德维曾在本科毕业后前往喜马拉雅山区进行过一段时间的修养。短暂的山区生活为默哈德维的文学创作开启了灵感的源泉。在那里，她以喜马拉雅山的女儿自称，敞开心扉亲近自然，创作了许多感人肺腑的散文及诗歌作品。不仅如此，在山区，默哈德维接触到甘地主义社会活动家，他们激发了她积极从事社会服务的热情。回到阿拉哈巴德之后，她效仿甘地主义者在恒河岸边的乡村开办了两所学校，义务教授乡村孩童们认字学习。乡村教学的经历为默哈德维的文学创作提供了生动的素材，她在随笔散文里描写了许多社会底层受压迫阶级的命运及生活场景。在默哈德维的笔下，这些在乡村社会中生活的人们作为独立的个体，勤劳乐观，情感丰富，展现了与现实主义文学中所刻画的底层人民不一样的积极形象。1933年，默哈德维获得阿拉哈巴德大学梵语专业硕士学位，结束了她的求学生涯，并成长为一名严肃的学者及成熟的女诗人。

从阿拉哈巴德大学毕业后，默哈德维以自由独立的女学者身份，一方面继续进行文学创作，另一方面响应甘地主义的号召，积极投身社会工作，为推动女性教育、印地语文学发展等奉献心力。默哈德维所参与的社会工作中，持续时间最长的是担任布拉雅格女子学院院长的工作。布拉雅格女子学院创立于1932年，隶属于1922年成立的女子学院（Mahila Vidyapith）。布拉雅格女子学院的创立者是致力于推动女性教育工作的桑格姆·阿格勒瓦尔（Sangamlal Agraval）。它的成立旨在为希望接受教育的女性提供课程及学习场所，以鼓励她们独立自强，积极参与社会工作。1933年，布拉雅格女子学院举办了一场特别的女性诗会，邀请默哈德维参加。默哈德维此时即将毕业，且已在印地语文学界享有盛名，并在思想上倾向于响应甘地的建设运动的号召，积极投身于教育活动中去。她对女性命运及教育的关注与阿格勒瓦尔的教育理想不谋而合，于是默哈德维欣然受邀担任学院院长工作。布拉雅格女子学院在默哈德维的推动下，以践行甘地主义思想、抒发女性呼声并实现女性自我价值为追求，致力于推动女性教育与自我成长。受默哈德维个人学识与志趣的影响，布拉雅格女子学院在常规的女子教育课程之外，相续开授音乐、文学及艺术课程，鼓励学生进行绘画、写作。为了鼓励女孩们参与创作，默哈德维除了亲授高年级文学课程外，还邀请学生与前来拜访她的各地文学家们见面交流、聆听学者们之间关于文学文化的讨论。她协助学生们组织课外文学社，举办与女性文学创作有关的活动，并创办《女性》杂志（*महिला*），为求学的女孩子们提供发表作品的平台，以鼓励她们提笔写作抒发心声。自1933年第一次女性诗会之后，该学院又举办了两次女性诗会。1936年，该学院还举办第一届女性小说大会，普列姆昌德的妻子什瓦拉尼·戴维（Shivarani Devi）及其他15名女性作家出席了会议。这些活动在促进女性教育发展的同时，也推动了女性创作与女性文学的发展，鼓励了女性以诗歌、文学等形式用自己的风格而非对男性书写的模仿来表达自我的真实感受。在默哈德维的努力下，布拉雅格女子学院成为当时中产阶级家庭女性求学的热门学校。北印度许多家庭，包括许多国大党要员们，纷纷将家中女孩送到这里求学，印度民族解放运动领袖甘地也从沃尔塔（Wardha）派学生来此受训。在南印度，该学院也受到一些期望成为印地语教师的女性的青睐。每年入学的学生达数千人，南部的马德拉斯地区、北部的联合省等一些地方政府均给予该学院极高的认可。布拉雅格女子学院在默哈德维的管理下，其兴盛状态一直持续到20世纪60年代中期。在近30年的时间里，该学院向数万名女性提供了接受高等教育的机会，在北印度的女性教育史上发挥了重要的作用。

在积极进行社会工作的同时，默哈德维一直坚持创作，积极参与文学创作相关的活动，并热心推动印地语文学的发展。这些活动中比较重要的两项：其一为担任《月亮》杂志的主编；其二为推动成立印地语作家大会。《月亮》杂志是一份面向女性读者的印地语月刊，以关注女性地位不公，宣扬女性独立，发表有关婚姻、家庭生活等题材的作品而广受中产阶级家庭欢迎。默哈德维在诗歌创作上的才华最初也是因在这份杂志上发表作品而受到关注。1935年到1938年间，默哈德维担任《月亮》杂志主编，编辑出版了富有特色且影响深远的一期期刊《女作家》（विदुषी）。这期期刊全部选用了女性作家的作品，回顾了印地语区15年来的女性教育发展历程、存在的问题并探讨解决方案，在当时引起很大的反响，得到了知识分子、革命运动领袖及其他英语、印地语杂志报刊十分积极的评价。在默哈德维的努力下，《月亮》杂志扭转了经营一度陷入困境的状态，成为发表女性话题相关文章的富有影响力的平台。默哈德维担任主编期间，不仅编选有声望的作家的作品，还特别鼓励女性作家创作，支持鼓励一些不知名的女作家发表作品。她认为女性创作具有其自身优势，是女性抒发自我心声、获得自我意识觉醒及自信的重要方式。她本人也在杂志上持续发表一些有关女性话题的文章，这些文章涉及女性在文学创作中的地位、女性在社会事务中的参与、两性关系等话题，最终形成系列文章，以《镣铐的链环》（श्रृंखला की कड़ियाँ）为题于1942年结集出版。

在《月亮》杂志担任主编期间，默哈德维还将印地语翻译的诗歌发表。她在诗歌翻译方面的才能引起了《世界之声》（विश्ववाणी）杂志创办者的关注，他们邀请她于1942年担任《世界之声》杂志佛教版编辑，组编该杂志的一期佛教特刊，并协助将印度传统经典诗歌翻译成现代印地语。翻译古代经典诗歌使她从传统经典诗歌中获得许多灵感。在接下来的20年中，她陆续以优美的印地语翻译自己喜爱的梵语、巴利语经典作品，并定期在《世界之声》以及之后她自己创办的杂志《文学家》（साहित्यकार）上发表，这些自梵语、巴利语翻译成印地语的诗歌最终以《七叶树》（सप्तपर्णा）为名结集出版。

在此阶段，默哈德维的诗歌作品在文坛获得广泛赞誉。1934年，默哈德维第三部诗集《莲》（नीरजा）出版。默哈德维因该诗集获得印地语文学学会（Hindi Sahitya Sammelan）颁发的谢克斯里亚（Sekseriya）奖[①]。1935年，默哈德维在甘地担任主席的印地语文学学会印多尔年会上，在包括拉姆钱德拉·修格勒（Ramchandra Shukla，1884~1941年）在内的来自全印度各地的印地语杰出文学家面前接受颁奖，并担任诗会环节的主持人，成为第一位担任诗会主持人的女诗人。印多尔年会后，默哈德维成为阿拉哈巴德的文学名

① 印地语文学学会于1931年在加尔各答年会上专为女性作家设置的奖项。1932年觉杭因诗集《蓓蕾》（मुकुर）获奖，1935年默哈德维获此奖项。参见Karine Schomer, *Mahadevi Verma and the Chhayavad Age of Modern Hindi Poetry*, Delhi: Oxford University, 1998, p.244。

人，有关她的文章陆续出现在几乎所有主要的印地语刊物上，《维纳》（वीणा）杂志将她的诗歌刊载于封面上，加尔各答的《广阔的印度》（विशाल भारत）杂志开始刊印她的作品，阿拉哈巴德的《文艺女神》杂志开始发表她之前所写的杂论文章。在有关她的评论文章里，她不再仅仅是一位“以新风格创作的成功女诗人”，而成为与伯勒萨德（Jayshankar Prasad，1890~1937年）、苏米德拉南登·本德和尼拉腊（Nirala Suryakant Tripathi，1896~1961年）齐名的阴影主义诗歌流派的四大代表作家之一。

随着默哈德维逐渐享誉印地语文坛，诗人、作家、文学批评家以及年轻的学生们纷纷慕名前往阿拉哈巴德一睹诗人风采。她在布拉雅格女子学院的住处俨然形成了一个自发的文学沙龙，诗人与作家们经常前来拜见默哈德维，与她讨论文学创作相关的话题，年轻的作家学者们聆听她关于文学、文化的见解，接受她的教诲与指导。在印地语文学界，默哈德维被称为印地语作家们的姐妹，她与同时代的许多著名作家都保持着良好的交往。阴影主义诗人代表本德、尼拉腊与默哈德维保持着情同兄妹的关系，每年兄妹节她都要为他们系上兄妹结。与此同时，默哈德维也经常受邀参加各类文学活动，逐渐结识了更多的文学家，并在阿拉哈巴德之外展开文学交流，其中包括与泰戈尔、赫伽利伯勒萨德·德维威蒂等著名诗人的交流。默哈德维在与同时代的作家们频繁交流的过程中继续自己的创作，1936年至1943年间，她相继发表诗集《黄昏之歌》（सांध्यगीत）、《灯焰》（दीपशिखा）、《四时》（यामा），散文集《回忆的线条》（स्मृति की रेखाएँ）、《镣铐的链环》、《过去的影像》（अतीत के चलचित्र）等作品。

在与作家们交流的过程中，默哈德维了解到一些作家因经济问题影响创作，在与出版商的交涉中步履维艰。对此她深感忧虑，并萌发了创立一个作家组织的想法。她设想在一个组织的统一领导下，所有的作家均能秉承团结合作的理念，抛开意识形态的分歧与文学风格的差异，互相协作，互为支持，为经济困难的作家争取政府及私人捐助，提供短期食宿，并协助作者与出版机构交涉以确保作家获得公正的稿酬与版税。1945年，她将这一设想付诸实践，创立了作家协会（Sahityakar Samsad），邀请迈提里谢仑·古伯德及其他一些富有名望的作家担任协会主席与管理委员会委员，并筹款于1951年在阿拉哈巴德郊区的恒河岸边建造了一所房子作为会址。作家协会成立后，逐渐成为作家们聚会的场所之一，接待了尼拉腊等作家，并组织了一些文学活动，如1951年作家协会举办了一次全印度作家大会与文学日活动，同年组织了印地语作家代表团前往南印度与喀拉拉邦、马德拉斯地区的知识分子交流活动。1952年，作家协会在纳尼达尔成功举办了一次作家研讨会，吸引了马拉提著名戏剧家玛玛·瓦雷尔卡尔（Mama Warerkar）等人参加，推动了印地语戏剧的发展。1955年，作家协会创办了会刊《文学家》，将其作为讨论文学与文化、艺术家与作家等重大问题的平台，许多知名作家纷纷为其撰稿。1958年，因管理问题以及一些作家纷纷从阿拉哈巴德转移到德里或孟买，作家协会停止运行。尽管作家协会在短暂的存续期间未能较好地实现默哈德维·沃尔马维护作家利益的最初期望，但它唤醒了作家们联合一致的梦想，促进了不同地区的文学创作者之间的交流，并通过其所举办的一系列文学活动，鼓舞了年轻作家们的成长。与同时代作家的交流，对文学、文化及社会问题的思考，让默哈德维继续创作发表了《文学家及其信仰与其他》（*साहित्यकार की आस्था तथा अन्य निबंध*，1952）、《同路者》（*पथ के साथी*，

1956）、《瞬时》（क्षणदा，1956）、《献思女》（संकल्पिता，1968）、《我的家庭》（मेरा परिवार，1971）等散文作品。

在担任文学杂志主编，积极推动成立印地语作家大会等社会活动之外，默哈德维还积极关注时政，参与社会政治活动。在格勒斯怀特学院学习期间，学院的民族主义政治氛围激发了默哈德维对国家民族命运的同情与关注，作为甘地主义的追随者及民族主义思想的拥护者，她积极参与社会政治活动。1922年第一次非暴力不合作运动失败后，印度的民族主义运动转至甘地倡导的社会服务运动、乡村建设运动等活动中去。为响应甘地的号召，默哈德维放弃华丽的衣饰，转而穿着朴素的土布纱丽并一直保持这种着装习惯，同时决定绝不在印度的土地上使用英语。默哈德维放弃使用英语的决定，对她的作家生涯产生了深远的影响：一方面使她更加专注于印地语写作，并向传统寻找灵感，探索现代印地语新的表述方式；另一方面也使她作为“印度传统文化与自我尊严”代表的女性知识分子形象更加深入人心。担任布拉雅格女子学院校长期间，默哈德维进一步强化了她的这一形象，她在整个学院发起运动，倡导穿土布衣服，推动印地语的教学与南部印地语教育的发展，同时将促进女性觉醒、鼓励女性独立并参与社会工作当作女子学院追求的目标，通过推动女性群体的觉醒与改变来回应甘地倡导的建设性运动。20世纪40年代，她积极参与1942年的“退出印度”运动，与国大党党员保持密切的关系，并在紧张的时局下为当时身处困境的革命人士及其子女提供庇护。印度独立后，她曾以印地语文学界代表的身份担任北方邦上议院议员，在议会中呼吁发展教育、争取女性权益、提高作家保障及促进印地语发展。1952年，她以无党派人士的身份在勒克瑙担任议员职务，但是目睹许多议员的自私与政治腐败现象之后，她在议员任期还未结束时便辞去职务，从此远离政治界。晚年的默哈德维虽不参与政治，但始终关注时代发展，在推动印地语、印度文化发展与传播方面不遗余力。1987年，默哈德维·沃尔马于阿拉哈巴德逝世，享年80岁。

默哈德维·沃尔马一生承担了许多角色，也获得了普遍赞誉。1942年，她因回忆录《回忆的线条》获得德维威蒂奖（Dvivedi Padak）。1956年，印度中央政府授予她三级莲花勋章（Padam Bhushan）。1976年，北方邦政府授予她文学家特别奖。1981年，她被推选为印度国家文学院第一位女性院士。古玛乌大学、德里大学、贝拿勒斯印度大学分别授予她荣誉文学博士学位。1988年，印度政府在她逝世后追授她二级莲花勋章（Padma Vibhushan）。在默哈德维获得的众多头衔中，让人印象深刻的首推“现代米拉巴伊”之称。尽管默哈德维非常欣赏米拉巴伊的诗才，并将其视为中世纪最杰出的诗人之一，但默哈德维更希望人们关注她自身的“现代”特性，而非“米拉巴伊”的现代替身。诚然，在诗歌作品中，默哈德维展现了其作为女性的多愁善感，对爱的追求与咏叹，对未知主宰的信仰与呼唤等，这些与米拉巴伊的诗歌确有类似之处，但是，作为现代女性，她开始独立的人生道路、踏入文坛、投身社会活动之后所表现出来的叛逆精神、独立勇气与无私奉献的热情，无疑是米拉巴伊这一形象所不能涵括的。这些经历与气质，丰富了默哈德维·沃尔马诗歌创作的题材，并赋予其作品更深刻的内涵。

二、默哈德维·沃尔马的诗歌创作

默哈德维·沃尔马的诗歌创作自幼年开始。8岁时她便写下了第一首诗，之后陆续以伯勒杰语模仿创作了一些传统韵律的诗，直至十几岁在阿拉哈巴德求学时开始以印地语写诗。她早期的作品包括一些在校园里创作的爱国诗歌、戏剧以及在杂志上发表的诗歌等。20世纪30年代至40年代初是默哈德维诗歌创作生涯的高峰期，40年代后期，投身社会服务工作中的默哈德维·沃尔马逐渐中断了诗歌创作而转向了散文、回忆录、文论及社评文章的写作。

（一）默哈德维·沃尔马的诗歌创作概况

默哈德维·沃尔马的诗歌作品，结集出版的主要包括七部诗集，分别是《雾》(1930)、《光》(1932)、《莲》(1934)、《黄昏之歌》(1936)、《灯焰》(1942)、《初时》(*प्रथम आयाम*，1974)、《火之线》(*अग्निरेखा*，1990)，一部翻译诗集《七叶树》(1959)。其次，还有选择上述不同年代诗集的诗歌选集，如《四时》(1936)、《现代诗人》(*आधुनिक कवि*，1940)、《孕奶牛》(*संधिनी*，1964)、《歌节》(*गीतपर्व*，1970)、《朝拜》(*परिक्रमा*，1974)。此外，还有许多选集如《蓝衣者》(*नीलांबरा*，1983)、《灯之歌》(*दीपगीत*，1983)、《哲思集》(*आत्मिका*，1983)等。默哈德维作为编者，在孟加拉大饥荒后编选了诗集《孟加拉景象》(*बंग-दर्शन*，1944)等。

《雾》出版于1930年，是默哈德维的第一部诗集，收录了她自1920年至1928年间创作的早期诗作47首。诗作主要描写了少女时期的默哈德维对未知的好奇、迷茫之情，诗集中的诗歌充满感伤的情调，较为直接地表达默哈德维对神秘、未知的爱人的爱恋、期待以及不得相见的痛苦失望之情。

《光》出版于1932年，收录了默哈德维自1928年至1931年间创作的35首诗歌。相对于诗集《雾》中的情感表述，诗集《光》较多地体现了诗人对人生、自然与世界的探寻与思考。作为默哈德维的第二部诗集，“光”如同照进“雾”的知识之光。与《雾》一样，《光》中的诗歌也充满感伤的情调，但更多地体现了诗人在探知追寻“神秘、未知的爱人”过程中的思考。自然的瞬息万变唤起了诗人心中的许多感受，也激发出探索背后神秘的支配力量的好奇心。诗人开始从自然万物中体会到神秘爱人的存在，期待与爱人合一的希望变得更加热切。因此，《光》中描写了许多多彩的自然景象以及诗人因此而生发的感受、思考等。

《莲》出版于1934年，收录了默哈德维自1931年至1934年间所创作的58首诗歌。《莲》中抽象的情感体验更为深沉热烈，将前两部诗集中的想象更多地变为哲思，迷茫与不安更多地转化为严肃、深沉的思考。诗人赋予感伤的情感以更多精神性与抽象特征。诗人在抒发痛苦情感的同时，意识到幸福与痛苦的共存共生，转而主动沉浸在痛苦情感的体验之中。

《黄昏之歌》出版于1936年，收录了默哈德维自1934年至1936年间创作的45首诗歌。这仍是一部抒发诗人感伤与虔爱情感的诗集，但是这部诗集的情感发展更加和谐，诗人的思考与感受更加平和。用诗人自己的话说就是：“《莲》和《黄昏之歌》中表达了我的这样一种内心状态，即我开始不自觉地感受到内心痛苦与快乐情感的和谐共生。起初看到花开我会产生兴奋的感觉，就像花儿开在我心里一样，但是又因其与自身境遇的不同而生出一种隐隐的伤感。然后这种幸福与痛苦的复杂感受开始转变为思考的对象，现在不知道为什么我的内心开始在内在与外在的对比中寻找到一种和谐，痛苦与快乐相互交织，我在痛苦的直接体验中间接获得幸福的感受。”[①]

---

① जयेश एल व्यास, *महादेवी वर्मा: बहुमुखी प्रतिभा: गद्यात्मक एवं पद्यात्मक विश्लेषण*, जयपुर: पैराडाईज पब्लिशर्स, 2012. पृ.29.

《灯焰》出版于1942年，收录了默哈德维自1936年到1942年间创作的51首诗歌。《灯焰》中围绕“灯”这一意象展开的诗歌比较多。诗人将内心比作“灯焰”，在对未知的爱人的爱恋与信仰中默默地燃烧，照亮世界。该集中诗歌整体风格更加积极、深沉，体现了诗人的奉献情怀。诗歌中的情感体验不再冲动、浓烈，转为细腻、深沉，情感的克制与反复咏叹给予想象与思考的空间，使得诗歌充满美感。

《初时》出版于1974年，这一诗集整理了诗人在《雾》出版前所作的诗歌，包括童年时期以及求学时期所发表的一些诗歌，其中有许多描写季节及四时之景的诗歌，还包括一些爱国诗歌等，共70首诗。

《火之线》出版于1990年，是默哈德维生前所整理的最后一部诗集，其中收录了默哈德维生前所作，但因各种原因未曾发表或出版的诗歌，一共30首。

《七叶树》出版于1959年，是一部翻译诗选。这部诗集是默哈德维选取《吠陀》诗歌集、《长老偈经》(*Theragatha*)中的诗歌，以及将马鸣(Ashvaghosh)、蚁垤(Valmiki)、迦梨陀娑(Kalidas)、薄婆菩提(Bhavabhuti)、胜天(Jayadev)等诗人的梵语诗歌作品并翻译成印地语而成的诗集。默哈德维精湛的梵语及对印地语诗歌音律、意象的运用使得诗歌的译作充满美感。

默哈德维·沃尔马的诗歌选集中，《四时》出版于1936年，是默哈德维早期四部诗集《雾》《光》《莲》《黄昏之歌》的汇编，共185首诗歌。关于这部诗集的名称，默哈德维自述道：“《四时》中展现了我内心世界的四个影像。我不能说‘时’(याम)是白昼还是黑夜，这对我来说十分困难。”[1]但是，评论家们根据诗集中诗人内心感受描写的变化，认为此处的“时”应该是指白天而非夜晚：“清晨的雾气笼罩开来，之后光线逐渐明亮，莲花开放，一天结束时黄昏到来，黄昏之后是夜晚，因此《黄昏之歌》之后《灯焰》随之出现。”[2]

其他比较流行的几部诗选集也是已发表诗歌的选编，《现代诗人》出版于1940年，选录了104首诗歌，诗人为这部诗集写了长篇前言，阐释了自己的诗学思想。《孕奶牛》出版于1964年，其中选录65首诗歌，有3首为未曾发表的新作。《歌节》出版于1970年，选录87首诗歌，有6首为未发表过的新作。《哲思集》《朝拜》《蓝衣者》《灯之歌》等是分别根据哲理诗、自然诗、“灯”意象的诗等分类编选的诗集。

（二）默哈德维·沃尔马诗歌作品的主题思想及特征

默哈德维·沃尔马成长的时代，正值印度社会发展变革的时代。民族觉醒与殖民统治的深化，以自由独立为目标的民族运动的兴起与传统的束缚及殖民统治的压制，资本主义的繁荣发展与两次经济危机的爆发，诸种矛盾对立的政治经济社会现实与思想领域内的各种思潮一起成为默哈德维·沃尔马文学创作的时代背景，阴影主义文学思潮的兴起与发展则成为默哈德维·沃尔马的诗歌创作的文学语境。在外部世界与内部世界经历变革与压抑、希望与失望、反抗与束缚等矛盾动荡时，默哈德维·沃尔马将诗歌创作的视野转向了内在的精神世界，面对过度描写“外部现实世界”的文学创作及“压抑到一定程度”的诗歌创作，将自己的诗歌创作目标转向倾听

① महादेवी वर्मा, *यामा*, इलाहबाद:भारती भण्डार लीडर प्रेस, तृतीय संस्करण, 1941, पृ.5.
② रश्मि दीक्षित, *महादेवी का काव्य कला और दर्शन*, आगरा: केंद्रीय हिन्दी संस्थान, 1999, पृ.33.

"人类哭求表达的内在心灵"[1]。默哈德维·沃尔马的诗歌作品主要围绕哲学、情感与自然几大主题展开。

她的诗歌的哲学主题围绕"世界为幻、梵我一如"的宇宙观、世界观、自然观以及"苦乐相依、止欲奉献"的人生观展开，立足印度传统吠檀多哲学思想并融通佛教哲学及甘地主义等新吠檀多哲学思想，以充满感情的心灵体验，在对自然万物的深切洞察与感知中阐释深刻的哲理。她以"无限""有限""仁慈的""未知的""神""爱人""谁""你""他"等词汇，描述了一个模糊抽象的爱人的存在，她对主宰宇宙万物的最高存在发出"你是谁？"的追问，在对自然万物的观察与感悟中，探寻世界的本质，通过诗句表达了她对最高存在"梵"的认识，并阐释了"梵""自我（人）""自然（现象界）"之间的关系。诗人以诗性的语言思考阐释哲理，通过诗歌隐晦曲折地表达她的人生理想与追求。她的五部主要诗集《雾》《光》《莲》《黄昏之歌》《灯焰》可以看作是诗人对宇宙、自然、自我灵魂存在意义的追问与思考的心路记录。诗歌中，她以诗性的语言追问"宇宙的支配力量是谁？""世界如何产生？""自我与宇宙是何种关系？"等哲学命题，并在不断的思考与探索中体味人生的真谛，鼓励接受现实、断灭欲念、无私奉献的生活态度。在默哈德维身上，既有着诗人的敏感，也有着哲学家的深刻，她在对自然万物的观察体会中、在对最高存在的追求中吟唱自我探索真理的精神体验历程，阐发她对梵我、自然、解脱以及人生意义的哲学思考。在默哈德维的诗歌语言中，传统印度哲学不仅得到诗性的阐释，还因诗人的智慧而获得了现代视角，二者交互影响、融合而获得发展。

---

① Karine Schomer，*Mahadevi Verma and the Chhayavad Age of Modern Hindi Poetry*，Delhi:Oxford University，1998，p.117.

哲学主题作为默哈德维·沃尔马诗歌主题之一，并不单纯出现在某一首诗或几首诗中，而是依附于其他情感或自然主题，在几乎所有的诗歌作品中出现，哲思与其他主题相关的诗句互相关联、交融出现，以警语、象征、类比等方式隐晦地予以表达。哲学主题的阐释背景是充满神秘主义的虔爱情感，是感伤的情感基调中的悲泣，是对痛苦的认知与体验。诗歌中并未出现“神”“梵”“灵魂”等哲学概念，但是诗人通过自然物象，构筑了许多充满哲思的意象，如“人生如离洲的水流”“人生是离苦的莲”“坚定燃烧的灯”“痛苦是我的祭司”等。这些充满哲学意蕴的意象，让哲学的表述充满诗意，同时也让诗歌更富有思想之美。

情感是默哈德维诗歌最重要的主题。她的诗歌以抒情诗为主，既没有完整连续的情节故事，也没有真实的人物角色，仅以真挚的情感本身作为主要表现对象。诗歌是默哈德维作为女诗人对自我感情世界的剖白。默哈德维诗歌中的情感主题集中在对“虔爱”与“痛苦”情感的刻画上。

在印度文学批评语境下，“虔爱”情感作为一种神秘主义的体验，包含“虔诚”与“爱”两大要素。所谓虔诚，即相信神的存在，笃信梵我一如并以与神合一作为最高的追求与向往；所谓爱，即对神持有爱恋之情，始终以对神的追求渴盼为爱恋的目标，并通过诗歌语言表达对神的爱恋体验。[①]默哈德维的诗歌以“梵我一如”的哲学为基本理论基础，她认为：“求证最高神的存在，也许可以通过智识的方式，但是，神秘主义的体验则必须要通过灵魂对神的虔爱来实现。”[②]因此，她将个体灵魂与最高神之间的关系幻化为女性与

① गणपतिचन्द्र गुप्त, *महादेवी :नया मूल्यांकन*, इलाहाबाद: लोकभारती प्रकाशन, 2008. पृ.163.
② निर्मला जैन (सं.), *महादेवी साहित्य (चार)*, दिल्ली: वाणी प्रकाशन, 2007. पृ.252.

情人之间的关系：一方面以充满哲思的语言表达对神的信仰及梵我一如的信念；另一方面以女性“我”之口，表达对爱人的回忆、渴盼、寻找、梦中相会、不得见之后的失望与悲伤等爱恋情感，描绘了从相会的美好回忆到分离的痛苦，从长久的思念到热切地期待会面，从倾诉衷肠到梦中相会，最后意识到情人与我同在、分离的痛苦是体验情人的途径转而享受痛苦，在痛苦中获得与情人的合一体验，获得心灵与精神的平静等逐渐递进的情感发展过程。默哈德维的诗歌中，一系列丰富的情感形态贯穿于《雾》到《灯焰》这五部诗集中，宛如一个爱情故事，展现了诗人自己内心世界的一段心路历程。但是，默哈德维诗歌中的“虔爱”情感没有任何世俗欲望的成分，而是伴随着挣脱束缚、摆脱无明、追求自由的愿望。对与“爱人”相会的追求，并未产生对现实生活的完全厌弃，反而在永恒的“分离”中实现了精神的融合，爱的“相会”并不是消极的弃世，而是积极地投入现实生活并获得智识，在“分离”中感受爱人，达到精神的升华。

“痛苦”的情感是默哈德维与“虔爱”同时刻画的主要情感主题。默哈德维的诗歌中表现了两种形式的“痛苦”情感：一是立足于吠檀多不二论哲学与“虔爱”情感设定中的“离苦”；二是在佛教悲悯思想与新吠檀多哲学影响下，诗人面对自然与众生痛苦所生发的“悲悯”。在她的诗歌中，“痛苦”情感首先因与爱人的分离而产生。她在诗歌中描绘了一位与爱人分离的女子对一位无形无体的未知爱人的爱恋之情，展现了分离中的女子在对爱人的回忆与渴盼中所体验的痛苦感受。离愁中女子内心的哭泣、孤单、痛苦时常出现在默哈德维的诗句中，永远不能实现的相会、无限的哀愁、日夜不停的眼泪等分离中女子的悲伤情态，是其诗歌中“离苦”情感的表现。自我灵魂对分离之苦的困惑、思考、探索、认知、接纳以及在分离的痛苦中自我灵魂的成长是默哈德维诗歌中“离苦”情感体验的发展过程。诗人在其五部主要诗集中非常细致地描述了由分离所带来的痛苦情感的各种体验，并赋予其丰富的层次变化。

“悲悯”情感是默哈德维诗歌中“痛苦”情感的最高形式。世界是虚幻的，尘世的本质是无常易逝的。默哈德维诗歌中的“悲悯”情感一方面表现为在面对无常冷漠的自然时生发的同情、悲伤情绪。在这一类诗歌中，时常以“花”为情由，借以抒发诗人面对自然万物时所生发的“悲悯”情感。另一方面，“悲悯”还表现为面对当时殖民统治的压制与社会不公、底层人们生活的困苦、女性的悲惨境遇时，默哈德维从中感受到的悲伤与痛苦。她将这种痛苦情感的抒发与自然界万物联系起来，通过表现一花一草的繁荣凋零，自然界的冷漠无情来隐射现实生活，表达自己对女性及劳动人民生活的同情与怜悯。如果说对自然中花草命运的同情，更多展现的是尘世的无情与冷漠的话，那么默哈德维诗歌中通过花儿隐喻的女性命运的悲惨，在自然的繁华中看到的众生的哀愁，则表现了诗人“悲悯”情感的现实与严肃。

在默哈德维诗歌中，“痛苦”既是现实的——立足于爱恋中的分离体验以及自然万物的生死枯荣，有眼泪、哭泣、悲愤、哭诉、祈求、失望等各种情态；又是抽象的——体现的是自我灵魂在有限束缚中的挣扎以及在对最高精神的追求过程中的悲泣。诗歌中的“痛苦”情感是社会现实生活中的痛苦在人的内心情感世界的反映，是诗人作为个体的人的痛苦，也是集体世界的痛苦。在默哈德维看来，“痛苦”的情感富有强大的力量，分享痛苦可以让人产生同情与悲悯之情，消除人的贪婪与欲念，唤起人类的共同体验，丰富人类的精神世界与心灵内涵。“痛苦”的情感中往往蕴含着对幸福理想的追求，并使幸福的实现成为可能。因此，她主张接受痛苦，将对痛苦的感知看作是对精神的锤炼与人生的修行。默哈德维诗歌中表述的“痛苦”情感既是情感体验的抒发，也是诗人修行过程中的精神探索，不断表述的“痛苦”体验尽管让她双眼永含泪水，让“心成为泪水的宝盏”，但是，这泪水是悲悯的泪水，是希望“洗净世间的伤感”的泪滴，是希望作为灯油的眼泪，为了让“含泪的灯静静地燃烧”、“照亮爱人的来途”，为了“勾画照亮万物的阴影”，让“哪怕一个脚步也不忘路途，纵是小小飞鸟也不失家园”。诗人在诗歌的情感抒发中构建了充满理性特征的痛苦哲学：灵魂对最高精神的追求以及在这种追求中对痛苦情感的体验本身，是她“痛苦”情感的内容，也是最终归途。诗人相信痛苦与幸福的和谐共生，“痛苦拉近个体生命之间的距离”[①]，痛苦的心灵中蕴含着与无限的宇宙共鸣的能力。因此，“痛苦”情感在“悲悯”的基础上进一步升华为自我奉献的精神，诗人希望点亮自己生命的灯，以自我对痛苦的体验驱赶人类痛苦的黑暗，这是诗人为痛苦所探寻到的解脱之途，也是诗人的精神理想。

自然是默哈德维诗歌哲学与情感抒发的媒介与场域，自然主题是其诗歌不可割裂的重要主题。默哈德维崇尚自然，喜欢在亲近自然的环境中生活，对花草树木、小动物等都表现出本能的喜爱，在她的回忆录《我的家人》中，她以充满感情的优美笔调，描绘了许多自己生活中的动物、植物及自然环境。自然对默哈德维而言，不仅是具有外在美的自然物象，更是富有内在灵魂的有情存在。花在她眼中，并非只是无生命的花儿，而是有灵性的有情之物，相对于

---

① रश्मि दीक्षित, *महादेवी का काव्य कला और दर्शन*, आगरा: केंद्रीय हिन्दी संस्थान, 1999. पृ.78.

花的美丽外表，她更重视花的情感与意识。对默哈德维而言，自然富有内在的思想与生命，给予她创作的灵感，并能够与她的内心世界产生共鸣，这种看待自然的视角对默哈德维来说是与生俱来的感知，也是默哈德维自然观的主要特征。

默哈德维·沃尔马的自然观受到吠檀多不二论、泛神论哲学中有关自然认知的影响。吠檀多不二论认为自然与人类一样，都是梵创造的，自然万物从本质上来说都是与梵同一不二的，默哈德维认同这种自然创造观。她曾在散文中写道："自然与人类同宗同源，都来自于最高存在梵。自然中卑微的小草与参天的大树，娇嫩的花朵与坚硬的岩石，流动的河水与屹立的山峦，厚重的乌云与光明的闪电，都是人类的渺小与广阔，柔弱与坚强，不安与坚定，迷误与理性的写照与反映。"① 这种认知让她能够在自然与人类心灵之间找到共情，并给予这种共同的情感以宇宙意识。吠陀文学中万物有灵的自然观对默哈德维自然观的形成有一定的影响。但是，在接受传统文学中自然观的影响时，默哈德维将不二论思想与泛神论思想和谐统一，形成自己的自然观，既认为自然是神创造的、自然与人类都是梵的表现形式，同时也认为自然万物中有梵的显现："至于印度的自然主义，可以被看做是泛神论哲学的诗性翻译。在这里自然被看作是超自然的力量，也被塑造为人生鲜活的同伴，自然通过自己的美与力量让人们认识同一不二的无上的梵，同时还是人类形与色的映射与激发各种情感的情由。吠陀时代的圣哲们将自然看作是不朽的美与无限力量的象征，离开自然，人不能持续发展。"② 默哈德维的许多诗歌在揭示万物有灵的同时也在自然描绘中投射梵的存在，赋予

---

① गणपतिचन्द्र गुप्त, *महादेवी:नया मूल्यांकन,* इलाहाबाद: लोकभारती प्रकाशन, 2008，पृ.236.

② गणपतिचन्द्र गुप्त, *महादेवी: नया मूल्यांकन,* इलाहाबाद: लोकभारती प्रकाशन, 2008，पृ.237.

自然万物以哲学意蕴。

神秘主义的体验与阴影主义诗人对自然的描写，也对默哈德维·沃尔马诗歌中的自然观与自然描写产生了影响。印度神秘主义诗歌中诗人对神的体验通过对神的爱来实现，在表达对神之爱的过程中，诗人将自然作为媒介，作为与神沟通交流的中介，这种神秘体验让人与自然的关系富有感情色彩。自然不仅仅是作为物质性存在的无味的世界，同时还是拥有人格、灵魂、思想与感情并生动地映射人的情感与神的启示的有情自然。人与自然心心相印，人的心灵世界与外在物象的感性品质之间构成了互相观照、感应的关系。默哈德维的诗歌充满神秘主义色彩，她对自然的描写继承了印度神秘主义文学传统中对自然的神秘体验。阴影主义的诗人们在描绘对自然的爱时，也借用自然表达对个性解放与自由、爱情、精神发展的向往与追求。在刻画尘世的痛苦与欢乐、描绘诗中主人公的美以及表达分离的痛苦等主题时，无不利用自然物象作为比喻、象征、暗喻的工具与手段。默哈德维作为阴影主义诗人的代表之一，其以自然为主题的诗歌中的自然描写也富有这些特征。

因此，默哈德维·沃尔马诗歌中的自然描写，从形式上来看可以概括为几大类：一是将自然作为独立的审美对象进行描述；二是将自然作为情感激发的情由来描绘；三是将自然作为诗人自我情感的映射或富有情感的有情形象来描绘；四是将自然作为比喻、象征、意象或暗喻等修辞手段来描绘。默哈德维诗歌中的“自然”主题围绕诗歌的哲理与情感抒发需求，成为情景与意境的媒介与场所。赋予自然以人的意识与情感，刻画描写具有人格的自然之美，特别是自然内在品性之美，从中找到自然与人性及神性相通之处，是默哈德维·沃尔马诗歌中自然主题表述的主要特征。自然在默哈德维的诗歌中不再是没有情感的、令人敬畏的存在，而是具有灵魂的最高精神的幻化，是能够与人的心灵产生和谐共鸣的人的同行者。

默哈德维·沃尔马诗歌主题表现的是细致的、内化的、抽象的、精神性的自我表述，就如诗人自己所述“诗歌从某种意义上来讲是我灵魂的自我表达”[①]。哲学、情感与自然三大主题在默哈德维诗歌世界中互相关联。哲学是“虔爱”与“痛苦”情感以及人格化自然的理论依据，“梵我一如”的哲学观，使自我灵魂对最高存在的爱有了理论基础，使虚幻的自然之界与人的共情产生可能。“苦乐相依”与“止欲奉献”的人生哲学，引导诗人对因爱而生的离苦与因无常而生的悲悯的探索、体验与追求具有了崇高的意义；情感是哲学阐释的载体。诗人在“虔爱”与“痛苦”的情感体验与哲学思考中获得哲学认知，在对“情人”的追寻过程中，才开始对世界本质认识的探索，开始对自然万物无常本质及其中痛苦情感的感知，并最终认识到最高主宰的存在，获得哲学真知；而自然主题，既是哲学与情感表达的媒介，也是情感与哲思生发的场所，更是情感与哲理的映射。三大主题在默哈德维的诗歌中互相关联，互为依托，共同赋予诗歌积极的艺术价值。诗人在神秘虔爱与痛苦的表述中展现了崇高的精神追求，在“痛苦”的情感体验中指引光明的希望、精神的升华与人类集体崇高的理想。

作为女性诗人，诗人所处的社会环境使她不得不采用隐晦的方式表达自我内在的情感。尽管稍显晦涩且充满哀伤，但这同时也展现了女性受压抑时内心的痛苦与深沉，表现了对自由的向往与追求的急切心情。对默哈德维诗歌的认知不能单看“饱含苦水的雨

---

① कविता एक प्रकार से मेरे लिए आत्मा की अभिव्यक्ति भी है।देखें संध्या सिंह, *रचना की ज़मीन*, नई दिल्ली: वाणी प्रकाशन,पृ. 72.

云”“孤单的雨季”等这些充满悲伤痛苦的诗句，同时也应该看到“黑夜的心中期盼白天的箭”“给一条不熟悉的路吧，让生命独自前行”等充满期盼、希望与抗争的表达。默哈德维诗歌中咏叹的痛苦与哀伤不是消极的自我怜悯与无病呻吟，而是她代表女性所发出的真挚心声，是充满希望的积极的精神磨砺与修行。

诗人在自然、哲学主题中表现出的世界为摩耶的观念及感伤情调受到较多诟病。诚然，在默哈德维的笔下，世界是虚幻的，人生的本质是痛苦，伴随痛苦情感的抒发，自然景象也笼罩上了伤感的面纱。但是同时，诗人也赋予了世界温柔、甜蜜的特征，赋予了痛苦以甜蜜与美的特性。世界是虚幻的，尽管她向爱人请求“啊，神啊，让我去吧，消逝是我的权力”，但她仍然认为“世界是我永恒微笑的旅伴”“这世界是我所爱！这指向爱人的路是我所爱！”她描绘和谐平静的黄昏、霞光绽放的清晨、微笑而来的春夜，她赋予自然以甜蜜、清丽、多愁与悲悯的品性。自然仿佛是人类宁静的伴侣，感人之所感，忧人之所忧，在“爱”与“痛苦”的炙烤中抚慰痛苦的人类灵魂。因此，诗人的人生哲学总体而言仍是积极的，在抒发“虔爱”“痛苦”情感的同时，也表达了她对自然的爱，对现实生活的希冀。

除此之外，在对哲学、虔爱与痛苦以及自然主题的描绘中，默哈德维继承传统的同时还很好地吸收了现代思想的滋养，推动了传统文化的复兴与发展。默哈德维诗歌中哲学理论来源、虔爱与痛苦情感的表现方式、对自然的描述及象征意象的运用等，均立足于自吠陀文学以来的印度文学传统，在接受传统文化滋养的同时，她吸收了现代人文思想中对自我意识的彰显、对自由的追求以及在世俗生活中积极奉献精神的影响，表现了20世纪早期知识分子对待传统文化的态度，推动了传统文化的复兴与发展。

总而言之，默哈德维・沃尔马的诗歌创作集中在哲学、虔爱与痛苦的情感以及自然几个方面，较其他阴影主义诗人而言，诗歌主题范畴较为狭窄但更细致内化，她以哲思表述的真挚、情感表达的深沉与崇高、自然描绘的生动为自己的诗歌赢得了尊重与地位，也为印地语文学宝库留下了宝贵的遗产。

目　录

1. निशा की, धो देता राकेश
月，为夜清洗

月，为夜清洗
月光中散开的黑发，
春天问蓓蕾
甜蜜汁液是否有价？

狂风飞舞
尘土中白露珠环零落，
那时你曾到来
为教我弹奏这生命的歌！

你悲悯的凝望
伸展在我睡梦的网中；
唇上的微笑
让我沉浸于甜蜜的苦痛。

学过的歌调我总忘记

手一次次滑落，

悲悯的人啊！你那时，

对我的错亦生爱意！

那时起过去多少个世纪

多少灯盏渐渐熄灭沉寂！

而我仍未能学会

唱得如你那般醉人美丽。

神啊，如今没有了歌声！

弦松了，手也倦了

在宇宙之琴上，今天，

让这模糊的弦音去与你应和！

■《雾》-1

2. रजत करों की मृदुल तूलिका
当银色的手

当银色的手
带着温柔的画笔，
停留在花蕾上诉说
自己世界的悲戚。

当温柔的心的呼吸
被天真的云彩带走，
黑暗让白日的伤痕
来到夜幕下歇息。

当星空纯洁的花
从甜蜜的泪滴中升起，
寂静的池水如痛苦的心般
温柔地荡起涟漪；

如无言的爱恋，
如甜蜜的苦痛，
如梦境的召唤，
他悄然到来为我吹甜美的笛。

听到这爱的使者
刹那间，神秘的转达，
我凝望的双眼中
一阵阵喧嚣聚集。

那时起，人生痴狂
生命的痛楚成为宝藏，
痛苦的心祈求
杯杯痛饮无尽的悲戚！

那日，在遥远的地平线那一端
痛苦的帝国驻扎在那里，
那里消失即是寂灭
守卫者是沉默的痛泣！

女友啊，如何告诉你
那梦境中无言的相会？
直到现在花间满满仍是
他的笑颜我的泪滴！

■《雾》-2

3. बनबाला के गीतों सा
如林中少女的歌

如林中少女的歌，
春天播撒在无人的林中，
微风在这林中寻找
空寂的角落。

沉默天空的眼中
夜的柔发轻舒慢展，
不知那飘散的花瓣
向着谁的来路翘首期盼？

甜蜜的月光洗净
蓓蕾空空的花盘，
我的琴弦沉醉，
今夜乐声散乱！

琴声不似从前

旋律亦不再令人心欢，

远来的人啊，但且倾听

午夜断弦的悲怜！

■《雾》-3

4. मैं अनन्त पथ में लिखती जो
我在永恒的路上书写

我在永恒的路上书写
那笑梦里的故事，
它们从未被
夜的眼泪清洗！

微尘袅袅飞升上天
为云在天空中加冕，
我痛苦的痕迹
永远留在她的裙边。

群星中闪烁
深邃的眼的笑颜，
无垠的心愿
在虚空中盘旋。

琴声或沉寂
奏者许消失不见，
到遗忘的脚边
消逝又数百次重返。

当我短暂的有限
融于无限，
神啊，你将看到，永恒
把那消失的游戏在玩！

■《雾》- 4

5. निश्वासों का नीड़, निशा का
当呼吸的巢

当呼吸的巢
成为夜的睡房，
晨露美丽的珠串
四处破碎散落。

黯然的星星眼中无言的哀伤，
用泪水写道："多么无常的世界。"

当黎明微笑，金芒
点点洒落在翻涌的裙边；
当舒展的波浪上
无邪的光任性地跳跃。

蓓蕾悄悄揭开温柔的面纱，
对水盈盈的眼睛说：“多么甜美的世界。”

付予所有的芬芳，
凋零的花对风说道：
“鲜花铺满了你的路，
为何你让这眼中充满尘土？”

黄蜂嗡嗡鸣唱：“如今这里哪还有甜浆。”
树叶簌簌哽咽：“多么无情的世界。”

当你的生命之环
用金色描画白昼，
黄昏，在天空的庭院，
让无数的灯依次点燃。

彼岸涌动的黑暗笑着说：
“时光消逝，这疯狂的世界已形成。”

当巧手用梦境中的花
构建自己的人生，
我疯狂的生命想着
“我的帝国将恒久永远”。

不知是谁的悦耳的琴声从未知的地方传来
用悲悯的声调唱道：“多么疯狂的世界。”

■《雾》-5

6. वे मुस्काते फूल,नहीं
微笑的花，定不会

微笑的花，定不会
懂得凋谢，
星星之灯，定不会
愿意熄灭；

那空寂的眼中，不会
凝结泪珠，
那生命的榻上，没有
沉睡的痛苦；

蓝天的云，定不愿
化为无形，
无尽的春，看不到
逝去的路径；

这是你的世界，没有痛苦，
也没有忧愁
不懂艳羡，
也不知，消失的感受！

是否永恒的世界，
是你悲悯的赠礼？
神啊，让我就在这里吧，
消逝是我的权力！

■《雾》-6

7. ढुलकते आँसू सा सुकुमार
如流淌的泪水般温柔

如流淌的泪水般温柔
如散落的梦境般神秘，
当我的黎明微笑
偷走了彩霞的朱砂；

是谁，悄然藏匿在朝霞之后
带来那金色圆盘？

触碰破碎的心弦
生命里盘踞的痴狂笑了；
品尝了甜蜜的爱的痛苦
躁动的心的渴望睡了；

是谁一遍遍诉说

那饮下的爱人的心愿?

■《雾》-7

8. रजनी ओढ़े जाती थी
当夜藏进了

当夜藏进了
星星闪烁的面纱，
洒落的光华上
月光在哭泣；

当河岸为触摸月光
亲吻涌动浪花的手，
浑然不觉地无知拥抱
黑暗的影子。

当春风诉说自己
悲伤的故事，
干涸大地的衣角
满是泪滴；

当嫩芽的枝条轻摇
芳香在蓓蕾中入眠，
月光悄声到来
小巷中被甜蜜润染。

当夜晚在眼中度过
月亮的脸逐渐褪去光华
东方那清晨的绘画家
重新来作画；

当那少女的红霞
洒遍各个角落，
一无所有的我来了，
带着装满梦的篮。

谁光辉的足甲
装饰着宝石花蕾，
我在上面洒下
几滴浑浊的泪水！

当这渴望的双眼上
被羞怯守卫，
他深情的凝望，
让我置身痛苦的王国！

多少世纪过去
做那个睡着的梦！
泪水洒尽
眼盏变得空空；

我是这空无之地
疯狂的女王，
一遍遍点亮
自己生命的灯！

我的叹息
隐在唇中沉睡，
我宝贵的一切
藏于这疯狂的伤痛中！

无情的人啊，有何担心！
若我的灯熄灭，
你痛苦的王国就
变成黑暗的牢笼！
■《雾》-8

9. चाहता है यह पागल प्यार
那痴人想要爱

那痴人想要爱
一个新奇的世界！

花蕾的叹息在虚空中翻卷，
颤抖的白露上歌声温柔展开睡床；
在那里，守卫者进入梦乡，
一个新奇的世界！

在那里，将熄的柔弱生命发出微光，
在那里，燃烧里有欢愉消逝里有寂灭；
痛苦是美酒的泉流，
一个新奇的世界！

在那里天地之间没有界限，

高傲的星宿黯然回到大地！
海是天空的睡房，
一个新奇的世界！

生命的感受用心愿在天平上称量，
痴狂被无知的心用沉默的痛苦买走！
眼睛做起了眼泪的买卖，
一个新奇的世界！

■《雾》- 9

10. मिल जाता काले अंजन में
黄昏眼中的颜色

黄昏眼中的颜色
融入夜晚的黑晕，
天空在寂寞中数着
铺满其上的星星；

在它丢失的渴望里
在痛苦沉默的叹息里！

摇摇晃晃
如饮下痛楚苦酒的醉汉，
桎梏在生命中的气息
化作云团在天空浮现；

在它断断续续的哭泣里

在与闪电的相聚分离里！

当空寂的庭院中
夜色缓缓铺展，
清冷的呼吸中溢落
如珍珠般的泪滴；

在它们惊恐的颤抖里
在晨光焦渴的亲吻里！

为哪个逝去的生命
传信的微风，
用自己的翅膀轻触
干枯的花的眼睛；

在她们暗淡的笑容里
在再次枯萎的凋零里！

在眼睛无言的乞求中
在眼泪消失的印记里，
在唇边带笑的痛苦里
在飘忽吐散的叹息里，

处处都是无情！
我心湖的孤寂！

■《雾》-10

11. घायल मन लेकर सो जाती
云中星星的渴盼

云中星星的渴盼
带着受伤的心入眠，
它激起人生的热情
去嘲讽那虚幻！

黑暗点亮闪电的灯，
它在寻找谁？
大海对谁说，
把你的泪水畅饮！

起起伏伏的海浪
充满如珠的水滴，
那是我梦的影子
在风中摇动哭泣！

今天，谁破碎的心弦
自远方传来琴声，
惊慌地把我召唤，
叫我穿越暴风雨的面纱！

让我于这无边的黑暗中
沉睡片刻吧！
神啊，今天就让它熄灭吧，
让它熄灭吧，我的灯！
■《雾》-12

12. जिन नयनों की विपुल नीलिमा
谁眼中无边的蓝

谁眼中无边的蓝
显出天空的容颜，
谁有限的心
嘲笑它的无垠？

那心海里沉浮的
多少风暴多少痛苦，
如今重归尘埃
那些痴狂的灵魂；

黎明的新日
如那唇上的微笑，
造物主用光辉
创造的那些生命；

若白露，如妙花
那些柔嫩的生命，
残酷的岁月仍给她
岩石的睡榻！

此刻，它生命的渴盼
一点点飞散睡去，
灯啊，别用你那瞬间的光明
把她吵醒！

■《雾》- 13

13. छाया की आँखमिचौनी
云的醉态

云的醉态
影的嬉戏，
夜晚的黑颊上
流淌的汗滴；

花甜蜜的凝望，
天空闪耀的繁星，
傍晚灿黄的脸庞上
如花般绽放的光影；

月亮的银盘
盛满醉人的甜蜜，
盘中月光的夜晚
如偷来洗净的糖粒！

然后，如乞丐般
带着这些珍宝离去！
那时仁慈的人会明白
这些生灵的可贵！

今日为何要给予我
你绿宝石的王座？
那只是我心灵的荒漠中
发光的沙砾！

光所灭之处
星群暗淡了，
但我心如灯
仍点亮长明！

深广的黑暗中
世界如孩童般沉睡，
那悲伤在我眼中
化作泪水流淌不停！

世界笑着对我说
我的眼一贫如洗，
但它洒落的泪珠
至今他是否数清？

那因我的短暂
而羞愧的神的世界，
你问他的那些生命
能否孕育痛苦？

与他相比何其渺小
我这如乞丐的人生？
那里有无尽的悲悯
这里是无穷的空无！

■《雾》-14

14. घोर तम छाया चारों ओर
四周浓密的暗影

四周浓密的暗影
乌云散开又聚拢；
山躯与疾风对抗
在风中摇晃；
大海一次次咆哮
谁把我送去那一边？

如山巨浪涌起
呜咽之声惊悚，
啊，它带着泡沫的呼吸
把那小舟嘲笑；
舵已离手，
谁把我送去那一边？

成群的鱼儿上下游曳
吞没了小船；
看见无垠的黑色的印度河
勇气尽失！
巨浪无垠，
谁把我送去那一边？

闪耀着我希望的星光
慢慢暗淡了；
夜晚穿上黑色的纱丽说
希望之花啊，幻灭吧；
没有水手，
谁把我送去那一边？

那一边我听说过
金子遍地的世界，
美丽的飞鸟
听到死亡阴影的威名后微笑！
大地美丽宽广，
谁把我送到那一边？

那里的泉水无声吟唱
永恒的奉献之歌；
天空拨动所有的心弦
奏出无尽的琴音；

无限的爱充满其中
谁把我送到那一边？

花里是永恒的微笑，
风中是奉献的欢曲，
万物中有天国的光亮
那温柔的美好的光芒；
那样的世界有多遥远！
谁把我送去那一边？

刹那间谁许了誓言
在耳中甜蜜宜人的回旋
“把小船带到河中间
沉没后将到达对岸”；
消逝是唯一的舵手，
他将把我送去那一边？
■《雾》-15

15. थकीं पलकें सपनों पर ड़ाल मेरी साध
疲惫的眼在梦中低垂

疲惫的眼在梦中低垂
天空在忧郁中沉睡，
自乌云的心里
静静溢出无限惆怅；
神在痛苦的琴弦上
无声吟唱沉默的歌调，
当呼吸与星夜
彼此相融交织；
神啊，用那宝石的花朵
来织补我痴狂的人生吧——
我狂热微小的生命！

当沉醉的清晨
唤起甜蜜的回忆，

花蕾睁开疲倦的眼
诉说梦的故事；
微风的叹息
寻找遗失的疯狂，
花儿沉默的干渴
乞求晨间的露水；
神啊，用我温柔的泪
慢慢地浇灌她吧
给她装饰眼泪的花环！

光网任性地翻腾嬉戏
纠结缠绕，
稚浪触碰谁冷冽的气息
微微颤抖；
世界在虚空中
惊奇地计数生命的隐痛，
白昼在金色杯盏里
饮下谁的爱恋；
神啊，在那里悄悄斟满
我长久的爱吧——
那是我痴狂的爱恋！

饮酒入梦
大海在死亡中醉睡，
风暴在它的心跳中

融入自己的呼啸，

沉默的影子用摇晃

无声诉说迷人的信息，

叹息压抑的痛苦

询问着“是谁来过”。

神啊，悄悄地让它飘走吧！

那是我的人生之花——

那枯萎的花的幸运！

■《雾》-16

16. जो मुखरित कर जाती थी
那已诉说出口的

那已诉说出口的
是我无声的召唤，
脆弱颤动的生命
今天我让它入眠！

将自己眼瞳的舞蹈
束缚进疲倦的眼睑，
流泪的眼也平息了
不再暴风疾雨一般！

燃烧着照亮
失意人生的路途！
看啊，熄灭了，
那灯放弃了爱恋！

安静的乌云里沉睡着
闪电战栗的光束，
暴风雨的疯狂中
沉醉的意识不断消融！

那仁慈的人
总爱从黑暗的幕中到来，
啊，天空的灯排呀！
请你熄灭一会儿吧！

■《雾》-18

17. इस में अतीत सुलझाता
过往于其中解开

过往于其中解开
自己泪水的珠串，
无垠于其中细数
美好时刻的长短；
这衣角里描画着
被遗忘的人生的失意，
她们虚幻的影子
给我无尽的安慰！

那些沉默的痛苦
如熄灭的枯灯，
生命的画布上
描绘悲伤的故事，
我无尽生命的

那任性的童真，
于其中疲累睡去，
带着自己活泼的心！

停止吧，无识的痛苦啊！
不要触碰我！
在他没来叫醒之前
就这样让它沉睡！
■《雾》-20

18. था कली के रूप शैशव
啊，干枯凋零的花里

啊，干枯凋零的花
曾是蓓蕾幼年的模样。
风曾微笑着，
让你在她的怀中绽放！

当盛放时
你是迷人芬芳的花王，
贪恋你的芳香
蜂群围绕在你的身旁！

温柔的月光
时常让你轻笑，
夜在你身上
洒下珍珠的宝藏！

黑蜂唱起催眠的歌
让你忍不住睡去，
园丁不懈的劳作
使你心里充满欢畅！

一直骄傲地
嬉戏在花园中央，
最后这景象
何曾放在心上？

如今你躺在大地上
干枯地随处散落，
容颜凋零
不再芬芳！

蜜蜂看到你
不再珍视喜爱，
清晨的霞光
也不再照拂在你的身上；

那曾将你拥入怀中，
温柔慈爱的风，
粗暴地让你睡去——
他将你弃在地上！

所有甜蜜与芳香
顷刻间全部付出，
但有谁会哭
为了你这可怜的小花？

花儿呀，不要悲伤
这尘世又曾给过谁欢乐？
自私地创造了万物
是这造物之主！

花儿呀，于这宇宙中
你让人心生喜爱，
奉献了你的一切
而仍欢愉的花儿啊！

如果这尘世
不曾因你的处境而悲伤，
那么花儿呀，谁将哭泣
为我们这样无谓的人类！
■《雾》-22

19. इस एक बूँद आँसू में
任凭这一滴眼泪中

任凭这一滴眼泪中
流淌着整个痛苦的王国，
让恩赐的雨水
冲破这忧愁寂寞；

让渴望的颤栗
将沉睡的孤寂唤醒，
用希望的微笑
将我的失望掠夺！

任凭你的心
纠缠进这黯淡的星眼中，
让这眼的杯盏里
欢喜的花汁滴落；

用我破碎的生命
灌浇所有的痛苦，
让你的存在
与我有限的生命融合！

但是不会结束
这是我生命的欢乐，
在痛苦中寻找你
在你中把痛苦获得！

■《雾》- 24

20. मैं कम्पन हूँ तू करुण राग
我是琴弦的颤抖

我是琴弦的颤抖你是悲伤的曲调
我是眼泪你是忧伤，
我是酒你是那酒后的疲乏
我是影你是那影的支撑；

我的印度，我广阔的印度！
宽容的人啊，让我诉说！
再一次吧就这一次！

逝去的荣光对它说
“狂醉的人生毫无意义！”
那悦耳的琴音甜蜜的歌
不知被谁偷走，

宽容的人啊，让我变成
那琴弦上的悲歌徘徊吟唱！
再一次吧就这一次！

它沉默的痛苦在说
“今天还有谁如我们一样落魄！”
它的世界再也看不见
贫穷的人珍宝般的笑颜，

宽容的人啊，让我融入
那干枯的唇上的忧伤里！
再一次吧就这一次！

它眼中无价的星星，
如眼泪在嬉戏，
它眼中无言的过往
在说“甜蜜的荣光会消逝”；

宽容的人啊，让我变成
那忧愁的眼中的微笑！
再一次吧就这一次！

如花一样刹那间黯淡
如星星般在空寂中消融，
像灯一样燃烧的幸福，

用流淌的泪水带走忧愁；

内心深处的阴影聚在一起
宽容的人啊，我想融于你！
再一次吧就这一次！
■《雾》-25

21. स्वर्ग का था नीरव उच्छवास
天国寂静的气息

天国寂静的气息
曾是神琴折断的弦，
生命之环上的珍宝，
那是死亡瞬至即逝的赠礼。

新希望的花园
那曾是我甜蜜的人生！

大海沉睡的波浪，
曾是纯净的道道泉溪，
我们那睡时的梦，
是爱光芒闪耀的宝藏地。

洁白无云的天空

曾是我幸福相伴的人生！

谁悄悄到来
唱起诱人的歌曲，
展现这虚幻的世界
然后将他变得未知神秘？

醉人的美酒的滋味，
愚蠢的生命啊为什么要品尝！

没有了黑蜂的呼唤
花的王国也不再存在，
杜鹃突然消失
逐渐远走了我可爱的春季。

没有长久的相聚，
短暂的生命啊你别忘记！

失望将你拒绝，
希望把你嘲笑，
虚幻的世界让你跳舞，
梦中的笑让你迷失自己。

将毒酒看作新生
我愚蠢的生命为之着迷！

花开放了又凋谢，
月升起了又隐匿。
云聚集了又消散，
灯暗淡了又将点亮。

这里何曾有永恒的青春？
我短暂的生命啊变幻不息！

爱人啊，你装满的杯盏
日夜不停地流溢，
灯光逐渐微弱，
琴声逐渐沉寂。

睁开眼看啊，
我痴狂的人生啊就一瞬息！

天空传来轰鸣
奉献的琴声已经响起，
这弱小的杯盏里，今天
让整个世界在其中沉溺！

让迷人的花感觉到羞愧
短暂的生命啊，如此去创造吧！

同行的人啊！这是虚幻的世界
你我的陪伴不过瞬息，
这里花刺中得到的情谊，
那里如花红那样美丽。

忍耐让你从痛苦中脱离
我可爱的生命啊，不要忘记！
■《雾》- 30

22. जिस दिन नीरव तारों से
当光对星星说

当光的卷发
对沉默的星星说，
睡去吧，你那温柔的眼睑
已经疲倦；

当这些花上
洒落第一滴甘露，
太阳照现
莲花满足的双眼。

当燃烧的飞蛾
如用生命点燃灯，
乌云教会孩子
哭泣在天空的庭院；

明亮的月华里
月光看见了黑夜，
那时起我就在寻找
他的足迹。

我在花间哭泣
他在霞光中展露笑颜，
我在路途中等候
他在芬芳中飞散。

他说我将在
自己的眼瞳中看见他，
但谁能告诉我
在哪里能把眼瞳寻见？

黑夜在我眼睑上
洒下所有的珍宝，
说“在看什么啊
你这不眠不休的星眼？”

黑暗为他们
铺开夜织成的被，
晨光为他们
洒上金色露水！

痴狂的芬芳
在他们身上吞吐香气，
那梦国的皇后
端坐在朝露里！

过去多少凋零的秋日
迎来多少甜蜜的春季，
我甜蜜的痛苦
仍无处可觅！

眼睛害羞地说
从未有过的那是什么啊？
我们不再
和他玩这捉迷藏的游戏。

你破旧的裙边
满是梦的幻像，
这疲倦的生命之上
铺满遗忘的影迹！

我生命的叫醒者啊！
记住别再忘记，
若他来到梦中
就让我长睡不起！

■《雾》-32

23.गिरा जब हो जाती है मौन
当琴声沉寂

当琴声沉寂
情动之海出现，
无识的生命用虚无
称量悲伤的故事；
寂静变得魅惑，
得到的只是那无声的言语！

那里春逝秋来
那里激情觉醒，
那里美酒唤醒意识
遗忘成为甜蜜的回忆；
那里心灵的美妙重逢，
得到的只是那无声的言语！

那里永生只给人毒药
痛苦是亲爱的朋友，
眼泪是眼睛的装饰，
那里黑天成为火焰；
死亡变为新生，
得到的只是那无声的言语！

那里没有不尽的分离
人生的渴盼得到满足，
悲伤的眼中聚集的沉默
诉说一些过往的故事；
夜晚成为等待，
得到的只是那无声的言语！

带上眼泪的项链
那黑色的眼瞳微笑，
生命中沉迷的欢愉
请求不休止的痛苦；
悲伤便是重生，
得到的只是那无声的言语！

那里遇见莲的爱
那里天空中住着仙人，
那里人生的修行者
在生命中注入生机；

呼唤成为寂静
得到的只是那无声的言语！

那里有情感的交换
那里有心愿的汇集，
那里梦中有爱人
那里祝福相连通；
人生变为长梦
得到的只是那无声的言语！

那里失望成为希望
呼吸成为歌调，
甜蜜的琴是内心的召唤
黑暗中有神的光明；
哭泣变成了笑声
得到的只是那无声的言语！

■《雾》-41

24. मधुरिमा के, मधु के अवतार
美丽的，春天的化身

美丽的，春天的化身
如甘露，如光辉，明艳动人，
含泪带惧悦目可爱
如星星沉默神秘！

温柔的生命啊，
从哪里学会迷人的微笑？

自温柔月夜拿来笑颜
每一处都充盈着美丽，
放下新芽弯柔的枝条，
带着未被触碰的花蕊，

啊，散发着天国迷人气息的你，

如何找来了这里？

皎洁的月光浇过的双眼
新奇浓郁的芬芳，
顶着满溢美酒的杯盏
孤身来到这一边，

告诉我迷路了才到这里的吗？
微笑迷人的小花啊。

触摸朝霞瑰红的脸颊
你的激情欢呼迸发，
但见星星那将黯淡的生命
不知你会有怎样的回忆！

馥郁的香气四处寻找
说吧，你为哪个无情的人在等待？

半开双眼的这端
接受了月光的装扮，
挥霍自己无价的青春
凝望向哪段过往？

可知这新的爱情
某一天会成为牢笼？

是怎样催人入眠的歌调
将你吸引而来?
温柔的小花啊，谁将你送来这里
是哪个无情的主宰?

笑吧，带上刺做的花环，
在你甜美而天真的人间!
■《雾》- 44

25. जो तुम आ जाते एक बार
你来过的那一次

你来过的那一次
多少悲伤多少言语
化作路途上飞扬的花粉；
生命的琴弦吟唱
热情的醉人歌调；
眼泪把道路洗净！

你来过的那一次
泪眼瞬间含笑
唇上的忧伤一扫而光，
生命里春天盛放
卷走郁积的哀伤；
眼睛献出一切倾尽所有！

■《雾》- 46

26. चुभते ही तेरा अरुण बान
你殷红的霞光迸发

你殷红的霞光迸发，
如春泉般水润的歌，
滴滴涌出盈盈流动！

这无垠的金光里，
暗海的波浪醒来；
如气泡般涌向岸边，
伴着飞鸟甜蜜的歌唱；
那黑暗中模糊的地平线
化作斑斓多彩的珊瑚礁岸！

如新莲的云群，
成为绚烂的华盖；
柔蕊的绽放打起节拍，

晶莹的露珠跳起了舞；
黑蜂在黎明中清洗黑躯，
重温夜晚沉默的歌调！

芳香的发网散开，
晨风仙女在嬉戏；
露湿的红花粉嫩，
翩飞幼蝶在其间畅饮；
簌簌奏起甜美的琴声，
摇曳的嫩芽在吟唱！

张开自己温柔的梦的翅膀，
夜眠飞走到地平线的彼岸；
半开之眼的莲花杯上，
是遗忘那醉倦的阴影；
用笑与泪为心灵着色
这是熟巧的画师回忆的清晨！
■《光》-1

27. रजत रश्मियों की छाया में
洁白的光影里

洁白的光影里他如乌云般到来；
在炽热的心湖中注入一股悲悯的清流！
那里隐藏着生命的秘密，
一根琴弦万千跳动，
一条纽带万物相连，
世界空无的篇章上他书写悲悯的诗！

他化作客人来到心间，
对心说“现在别再装可怜”，
把心湖的宝藏一一清点，
半睁眼的世界乞者脸上，笑容展现！

这奇异构建的世界，
沉默的行者每日往来纷繁，

生命与生命互不相识，
没有他无法互换情意，这是他的指引！

通往清凉幻象的长路上，
焦渴的脚步追逐临近，
幸福关上心灵的门，
骄傲地说道："我是春天，秋天和我有什么关系！"

触摸痛苦的足迹，
眼泪便汇成潺潺流动的泉溪，
生命变得柔软肥沃，
无限的世界被他召唤到这小小的心湖里！
■《光》-5

28. चिर तृप्ति कामनाओं का
祈愿常得满足

祈愿常得满足，
生命就变得虚无；
饥渴一旦消除，
人生瞬时变为愁苦！

这充盈的满足，
溢出，如乌云化空无。
恒常的快乐满足是
心离开那幸福！

那燃烧的恒愿是
变为冰冷的灰烬；
悲伤的尽头
是痛苦变为恒常的幸福！

别给我微小的生命
丁点儿的满足；
就让眼泪的大海
充满渴望的双目！

你在心湖中驻扎，
以痛苦的面纱藏匿；
我以寻找你之名，
一点一点把你辨认！

你在我含泪的眼中，
以顾盼的眼瞳之形；
我在万物中把你寻遍，
但仍然不见你的踪影！

相聚—分离若两岸
河流是我的人生；
愿每时每刻不断
永远与长滩聚散相拥！

如这不变的地平线，
你就在我生命的近旁；
但想抓住你的
所有努力都徒劳无用！

你是天空无垠广阔，
心是鸟儿在其中展翅疾行，
飞行一直飞行，
却不能熟悉你的一个角落！

你是永恒的等待，
我是痛苦行者那蹒跚的步伐；
我在往往返返中消逝，
却仍不能到达路的尽头！

你是黎明的凝视，
让我做被抛弃的夜晚；
哭泣度过分离的时光，
却在那相聚时刻隐藏！

让悲伤甜蜜的疼痛，
成为相聚瞬间的美好；
让离愁的唇上微笑
如欢欣在生命里绽放！

得到中我将把你失去
在失去中体会得到的幸福；
这恒常的不满就是人生
唯消逝是永恒的满足！

泪珠的忧伤交织

月光般微笑的线；

我的终点，是光明和黑暗

地平线交汇的两端！

■《光》- 6

29. किन उपकरणों का दीपक
以什么做灯

以什么做灯，
点燃什么油？
用什么为芯，谁
为他的灯焰配灯芯？

虚无时间的河滩上
沉默悄悄降临，
谁让他一直流动
浪花中那神秘的是谁？

如雾一般模糊的未来，
如黑暗般深沉的过去；
谁将告诉他要去往
无垠的哪一边？

雨季夜晚的萤火虫——
渐渐燎原的光亮，
这光芒中，黑暗
向更深广处延展！

忍受这巨浪之上——
暴风雨的打击，
燃烧是神秘的——
熄灭是自然的事件！

■《光》- 7

30. कुमुद-दल से वेदना के दाग को
如红莲花般的痛苦烙印

当晨光以眼泪擦拭
如红莲花般的痛苦烙印，
小星星触摸到风的呼吸
惊惶无措扑闪扑闪；

那时召唤我去那一边的，
如遥远的乐声般的那是谁？

当空寂的天空里充满痛苦
夜晚的黑暗中，布满乌云，
萤火虫的队列也如
金黄的眼泪项链般撒落；

那时，那将闪烁的眼睛遮住的

在闪电的微笑中的那是谁?

当天地洁白的贝壳中
海洋如闪烁的珍珠般颤抖,
月光无瑕的岸边
云如柔软的雪堆般游曳,

美丽的林中那轻轻拍打着我的
如睡眠的呼吸般的那是谁?

当黎明瑰红的面颊上
星宿如水珠般干涸,
金色光线里沐浴的蓓蕾
微笑地献上珍珠的祭品;

那时,在梦房中放下幕帘
和眼睛嬉戏的那是谁?

■《光》- 8

31. स्मित तुम्हारी से छलक यह ज्योत्स्ना अम्लान
从你那纯净的月光中溢出的微笑

从你那纯净的月光中溢出的微笑，
可知晓她何时在哪里被创造？

安静的眼睑中嵌入的悲伤的星辰，
一动不动地好奇地寻找自己的住址！

天空同你那纯洁忧伤的光芒，
谁留下这蓝色的踪影！

无情的人啊为什么要铺开这杂乱的网，
让万物在那里不安地寻找自己！

没有时空之界的虚无中的秘密所在，
你创造了那生命你赋他痛苦之形！

微尘中将他们变成幸福的囚徒，
现在向那未知的人询问他的名！

灯何曾问过光的居所？
浪花何曾为寻找大海飞上天空！

心是否向心跳询问如何辨认？
蓓蕾是否一直不曾知晓花的蜜汁？

无形的雨点是否告诉乌云它的居处，
眼睛是否不知道自己泪水所重几许？

爱的温柔的手指触动心的弦丝，
那是我在你心里演奏的那琴曲！

睡眠的天空中你梦的雨季，
那是我为他勾画那新生的彩虹！

喜悦的杯盏中你溶入心愿的甜液，
是我让那无价的点滴溢出流淌！

给影以形的那镜子碎了，
问镜框是否是影子的住处？

浪花中摇曳的月的光影，
难道不是遥远却又近在月的身畔？

我们眼中尽情流淌的——
不知道是不是谁的湿润叹息？

在我们的追寻中的痛苦的沉默，
不知道是谁在寻找自己的圆满？

我们的这开始—结束这成功—失败。
难道不是创造了你呼吸的乐章？

冷酷无情的人啊为什么还问我在哪里！
难道要撕开心才能找到心跳？
■《光》- 13

32. अलि अब सपने की बात
女友啊，现在说梦的故事

女友啊，现在说梦的故事——
甜蜜的清晨到来了！

当柔美的笛声，
让心欢快喜悦，
被幸福充满的身体，
如新藤般颤抖！

当他目光的深潭，
将心湖填满蜜汁，
自微笑潺潺流出的光芒，
莲花-眼一饮而下！

月光在生命上，

用遗忘织成盖布，
驰骋的想象缓缓——
吹起芬芳的风！

现在宁静心湖中黑蜂的嗡鸣，
激起欢喜温柔的涟漪，
分离的痛苦变成——
黑暗寒冷的夜到来！

■《光》-14

33. दिया क्यों जीवन का वरदान
为什么给予生活的馈赠

为什么给予生活的馈赠？

这里有大海的颤动，
沉睡痛苦地苏醒；
梦境的丽人在这里
忘了笑意盈盈！

这里有暴雨的初成；
欢乐蓓蕾的青春；
摩罗耶山[①]的风充满其间
温柔海浪的歌声！

如乌云边的彩虹，

① 摩罗耶山，《往世书》中的七大名山之一

如嫩叶上的珠露；

看啊，每时每刻在发生

自我的消融！

如沙上描画的线条，

如风中摇曳的灯焰；

如光阴脸上的泪珠

无力的凋零！

■《光》- 17

34. सजनि कौन तम में परिचित सा
女友啊，是谁在黑暗中到来

女友啊，是谁在黑暗中到来，熟悉的，如梦影如回忆？
虚空中用微笑的目光点燃生命的灯盏！

触碰唤醒懵懂的回忆，
安抚沉默的忧伤，
心弦被他的声音充满，

亲吻紧闭的双眼，那里描画着含泪的梦境！

眼中盈满新的爱的泪滴，
心中郁积痛苦的块垒，
呼吸中是希望的颤抖，

女友啊！再次教会沉默天真的心再次不安地哭泣！

黑暗中如梦般到来，

黑蜂用悲伤的曲调歌唱，

呼唤去到某个陌生的地方，

放弃行路换来裙裾中一些洒落的泪珠！

女友啊，是谁在黑暗中到来，熟悉的，如梦影如回忆？

■《光》-18

35. कह दे माँ क्या अब देखूँ
妈妈，告诉我现在看什么？

妈妈，告诉我现在看什么？

看那绽放的花蕾还是
你焦渴干涸的双唇，
看那永生的美丽青春，
还是你衰老无力的人生？

看那微笑摇曳的蓝莲花上
如雪晶莹的露水，
还是那枯萎无望的双眼中
缓缓滴落的泪珠！

看那微风
吸了花香散去，

还是那冰冷的呼吸
一口口痛饮悲苦！

在你春天的光影下
快乐甜蜜的嬉戏，
还是看悲伤炙烤的
生命痛苦的凋敝！

寻找浸满蜜汁的花上
跳跃的甜蜜的仙女，
还是看在心的牢笼里
为粒米折磨的生命之鹦！

看浓密的花网间
隐藏的蔓藤，
还是痛苦时光的手中
羞怯的怜悯！

哄逗新叶的摇篮中
你的幼蜂，
或看如坚石般重压下
花朵般的幼童！

看你无边庭院中
闪烁的灯排，

还是这无人角落里

将熄的孤明！

听那潺潺的水声

清脆的鸟叫，

还是静止的弦琴中

破碎的心灵！

看柔洁的光影

在甜梦中的沉醉，

还是不眠的双眸

忧伤的眼睛！

你那里是明亮的欢笑

这里只有无尽的泪水，

我看你无限的繁华

还是这哭泣的人生！

■《光》- 19

36. तुम हो विधु के बिम्ब और मैं
你是月影

你是月影，我
是纯洁无知的光，
慌乱地拔出
好奇的箭镞！

从蓓蕾甜蜜的杯中
饮下那美酒，
张望，在鸟巢中
点亮如灯般的笑容！

在海浪的节拍上
慌乱起舞，
在黑暗的神秘中
张臂拥抱。

当你的召唤
隐藏在露水洗过的路上，
那未完的游戏
在你之中消失遗忘。

你是无际的海洋，我
是洁白不息的细浪，
在风的侵袭下
落向未知的岸上；

用清冷冰凉的唇，
安抚细沙的焦渴；
水沫中撒落
如美丽珍珠般的喜悦！

在寂静的夜晚看着你
沉思探究，
那幼小的生命
在你之中疲惫睡去！

你是熟悉的春天，我是
沉默的春光柔软甜蜜，
冰冷的夜晚受邀而来
将她哄入梦乡；

在嫩黄的新叶里听见
你的脚步声醒来，
嫩叶失声哭诉，
为久藏的无尽爱恋；

你清晨的凝望
让我的心如杜鹃歌唱，
树叶触摸迷醉的气息
如汗毛般兴奋起立！

花朵中是那用甜蜜写成的
美好时刻的名字，
清晨的裙角上满是
无价的香气；

“黑蜂啊，甜蜜逝去了”
当炙热的微风这样说道，
那醒来的世界
飞走去与你相聚！

我是梦的曲调
你是眠的琴弦，
这生命的开始和结束
在其间吟唱；

翩蝶般欢快地
在眼睑间掠过，
于沉睡的世界上织成
音律的华章；

心的摇篮里沉睡的婴孩
那未被人知的愿望，
予他轻盈的翅膀
让他在天空中飞翔；

用苦与乐的宝石杯
饮下甜蜜的过往，
展开醉人的光华
带走黑暗的时光；

阴影的有形世界
触碰到它的呼吸，
回忆中甜蜜的清晨
在虚无的夜晚徘徊；

用彩虹的颜色涂满
无边的昏暗，
给心中的神秘描上
爱恋的外形；

当倦怠的琴弦
弹奏自己的曲调,
他的黎明那如雾的世界
换洗一新!

你是宽广无边的光,
我是微弱的星辰,
你的无体无形中,
我得以显现身形!

花间是寂静夜晚
虚无时光的重量,
簌簌滴落的泪珠
是宝石般赠礼!

当云的短发
在风的御驾上飞翔,
它走过的路上织就
温柔的光网!

心灵的暗影中留下
如痛苦的烙印,
隐秘的爱情
如灯盏般凝望;

当阴影的监牢
于清晨消失，
它短暂的形体
融入白昼的无垠；

我来自于你，和你一体
就像光束和光，
我与你分离，互相分离
就像乌云中闪电的把戏；

你悄然到来
将我禁锢在这短暂的有限，
可是炙热难道能
从烈焰中剥离？
■《光》- 20

37. न थे जब परिवर्तन दिन-रात
无昼夜

无昼夜
无阴明
虚空中是否充满
同一种波涛的颤动？

无脉动无改变
无开始无终止
世界之初的静默中
是谁在独自沉睡？

如金蛛般用柔丝
在其中把心愿实现，
它吐出三色的丝线，
织成自己的世界！

彩虹般的色彩变幻，
如宿命的恒久相伴，
无休止无停顿，
它形成又消失的循环！

像海洋那不安的呼吸，
化作浪花飞舞上天，
追逐进退互争高点，
终化作泪水尔后返还。

如心底温情般柔软的水沫，
若与光的手相握
如水的生命便会——
在那里开始在那里结束！

化作大地万物的养料，
把无数的生命培育；
迅捷融入泥土，
是为浇灌新蕊而着急？

死亡的岩石的心，
流动的生命的水，
意识的无明的障，
这就是世界的心律。

多彩的镜饰，

谁给它框上牢笼，

那无限是否被囚禁

在这所有幻象的框里？

它胸膛上谁的水珠，

消解无数生命的焦渴；

黄金和蓝宝石的御驾上，

日夜在奔跑交替。

融雪的山川到宽广的云群，

都不能让它动摇分厘；

雷鸣和电闪，

都不能将它唤醒哪怕瞬息；

是否如那天空般——

不变—变幻的基底？

把其间因兴奋而涌动的柔云

融入这无数的人间大地！

■《光》- 22

38. अलि कैसे उनको पाऊँ？
黑蜂啊，怎样才能找到他

黑蜂啊，怎样才能找到他？

他化作我的泪水，
让我因此哭泣，
在这眼睑的禁锢里，
我忍着泪后悔不已！

他装扮成闪电，
在乌云中闪现又消逝，
我在眼睛的剧幕上，
找不到他的痕迹！

他扮成光束，
在月光中纠缠消弭，

我在寸寸光影中，
认不出他的形体！

睡了，海洋的心跳
变成，海浪的轻拍，
我那悲伤的故事，
不能说给他听！

它化作小小的星辰，
不眨眼的深情凝望，
那里也有他的影子，
我不能触碰兀自焦急！

他静悄悄地在心里，
化作隐蔽的气息到来，
在那呼吸里，
我看得见他却不能让他停息！

他化成回忆在心里，
昼夜交替咚咚叩击，
其中他的这无情冷漠，
我永远无法忘记！

■《光》- 24

39. अश्रु ने सीमित कणों में बांध ली
被眼泪困在有限的珠滴里的

被眼泪困在有限的珠滴里的
难道不是乌云般黑夜般的痛苦?
与小小的琴弦分离的尘世间
难道不在某处响起琴声?

那亲吻地平线的大海
难道不是由无知的浪花形成?
小小的雨滴中隐藏的
难道不是云的深沉浓密?

这世间有谁是无限的啊?
又有谁的追寻最后不是被禁锢!
为什么不在卑微的生命里久驻,
伟大的主宰啊你是否是唯一?

■《光》- 25

40. जिसको अनुराग सा दान दिया
那给予爱的馈赠的

那给予爱的馈赠的，
不羞于向他索求点滴；
忘我的沉思中，
夜半杜鹃的悲歌不能忘记；
乌云环绕的山峰望着天空，
为何隐遁而不能融于其中，
你这杜鹃啊那是怎么的啼唱，
不能让它在心中禁锢安憩？

为何不给它看，
自己那被悲伤填满的心海？
为何不在分离的河水里
把相聚禁锢在新的爱恋中流动？
为何以痛苦凝聚的泪水，

清洗你也无法把他忘记；
为何没把黑色的客人，
哄睡在自己的眼睛里！

看飞蛾，
因痛苦下坠，也不让灯焰落泪；
看那鱼儿，
不用哀鸣，诉说水的无情；
向那鸟儿学习，
啄食火焰，不向任何人倾诉；
现在学会沉默的新咒吧，
这杜鹃的哀鸣不能让乌云欢喜！
■《光》- 28

41. विश्व-जीवन के उपसंहार
宇宙—人生的结局

宇宙—人生的结局！

你在生命中隐藏，像竹笛中隐藏炙烤的伤，
唯融于你才是生命最高的成长。

这世界冬天来而又去
被新的春天轮替！

蜜汁中的花生命里满是对美酒的渴望，
不停息地凝视你冰冷唇上的痕迹，

所以你给枯萎
以新生幼蕾的献礼！

用温柔纯洁的泪让蓓蕾充满香气，
黑夜在与你相遇的路上慢慢前行，

得到新的形体后消解
与你融为一体！

微光在黑暗中书写旧时光的名字，
你的道路上铺满灯芯金黄的灰烬，

灯光更加明亮，从你那里
拿走消逝的权利！

若即将消散的云里的点滴都是曾经的焦灼，
那记忆里永不褪去的便是将逝时光的甜蜜——

没有你，人生的全部诗篇
都毫无意义！

这无尽的路上轮回呼吸的躯体，
消逝后化为永恒去到无限的身边，

没有你谁将送我们到达
那无垠的彼岸？

永葆青春的花如雕像般永不凋零，

生命在渴盼中渐渐疲惫化作磐石，

欢喜的世界是梦

带泪的温柔！

■《光》-29

42. चुका पायेगा कैसे बोल
说，要我如何偿付

说，要我如何偿付！
我贫瘠的人生你昂贵的售价！

从裙边带回的甜蜜，
微笑里洒落的泪水，
懵懂中散落在地，
这暗淡的微笑如何带走那些无价蓓蕾！

漫无目的的人生，
消融自己为别人解渴，
时而如微尘时而如天宇，
别在那样的云里融入我细小的泪滴！

化作行乞者带来香气，

把芬芳向角角落落送抵，
天空中弹奏起乐曲，
别用那样的风来称量我无用的呼吸！

将疲倦的世界哄睡，
织起珍珠的网为他盖上，
累了却不闭眼入眠，
那些星星为什么要睁着双眼做我的守邑？

得到岩石的睡床，
在上面铺开潮湿的歌，
日日歌唱，歌唱不息，
是否给我平凡的生命那样的泉溪？

■《光》-32

43.सजनि तेरे दृग बाल
爱人啊，你孩童般的眼眸

爱人啊，你孩童般的眼眸啊！
些许讶异些许失措的眼眸——
刚从迷失中回来吗？
你惊慌的花环呢？
眉眼温柔低垂，
是不是承载着什么新的秘密？

你甜蜜单纯的微笑！
如孩童般天真无邪的微笑啊——
什么时候变得这样沉默，
娇羞浸润的甜蜜的笑！
惊鸿一现，
又如闪电般隐匿！

爱人啊，你那轻柔的脚步
如海浪般迅捷的温柔脚步啊——
学过的速行忘记了吗，
怎么像乌云一样缓慢？
为何倾倒那炙热的
像被爱人亲吻过一样的红光？

如蓓蕾一样你的生命，
那宇宙珍宝一样你的生命啊——
今天为什么藏躲回转，
攒着什么甜蜜的痛苦吗？
含泪的眼中为什么带着笑，
忧伤的唇里为什么是笑的叹息？

■《光》-34

44. अश्रु सिक्त रज से किसने
谁用泪水沾湿的花粉

谁用泪水沾湿的花粉
做成宝盏，
绘上彩虹斑斓的颜色
送到我手里？

我往杯中倒入
甜蜜又痛苦的美酒，
升腾的气泡
如珊瑚那样鲜红美丽！

痛苦和快乐像泡影般
一串串在杯中形成又消逝，
一滴一滴酒把杯装满
又满满向外流溢！

怀着这样的愿望

我在杯中放入未完的梦，

也许有时能触到你微笑的唇——

变成珍宝价值无法估计！

■《光》-35

45. प्रिय इन नयनों का अश्रु-नीर !
爱人啊，这眼里的泪滴

爱人啊，这眼里的泪滴！

如苦如乐般泥浊，
如泡如梦般虚幻，
流下那经年岁月的灼意！

人生崎岖的路上，
盈盈弱水以自己的流动，
把时光两岸的焦渴平息！

这里生长的那洁白的莲，
温嫩柔弱含羞半闭，
散发甜蜜痛苦的香气！

没有泥泞沾染，
没有水滴停驻，
食蜜的蜂群啊，别把它叫起！

在你的痛苦中绽放，
在你的目光中生长，
轻抚的风是来自你的气息！

■《莲》-1

46. धीरे धीरे उतर क्षितिज से
自地平线春夜她缓缓降临

自地平线
春夜她缓缓降临！

星般闪亮的新发，
月般鲜嫩的额花，
光带般洁净的云纱，

自她的明眸
将喜悦的珍珠撒下！
春夜她高兴而来！

脚铃悦耳叮咚，
黑蜂嗡嗡在莲蓬，
脚步如慵懒的河流，

用温柔的笑
让宝石的银光流淌！
春夜她微笑而来！

惊梦中的汗毛竖起，
掌中是掬捧的回忆，
黑蜂啊是春风吹动的纱丽！

总是如影的黑暗，宇宙
成为与你的幽会之地！
春夜她羞怯而来！

河心颤动着醒来，
满是甘露的花儿盛开，
一次一次渴盼地查看，

听到爱人的脚步
这大地兴奋不已！

春夜她颤抖而来！

■《莲》-2

47. पुलक पुलक उर, सिहर सिहर तन, 兴奋的心，颤抖的身

兴奋的心，颤抖的身，
今天为何热泪盈眶？

夜茉莉羞怯开放；
慵懒的枝条伸展；
藤蔓丛中萌出的新叶，
与明暗光线交织如网；

温柔甜蜜的风细数着蜜汁，
茉莉花簌簌落下！
今天为何热泪盈眶？

杜鹃的甜笛在歌唱，
天真的黑蜂跳起舞；

嫣红带露的花儿盛放，
像花粉在黑暗中荡漾！

温柔的泪水，如镜的深潭，
夜为莲-眼涂抹上油影！
今天为何热泪盈眶？

泪变作星辰落下，
在花心里铺开睡床；
甘蔗林也摇动着，
如泣如诉忧伤歌唱，

忧伤的睡眠，徘徊
把梦收拢了回来！
今天为何热泪盈眶？

生命如用水凝结，
愿望如彩虹绚烂，
世界啊如雨云般晦暗，
变换常新如欢乐悲伤；

客人，你化作闪电来吧！
在我眼中留下你的脚步！
今天为何热泪盈眶？

■《莲》-3

48. तुम्हें बाँध पाती सपने में!
若能将你留在梦中

若能将你留在梦中！
我人生长久的渴盼
就能得到短瞬的平息！

如雨云般聚散涌动，
如秋夜般无声环绕，
用我流淌的小小泪滴
洗去这世间的忧伤！
若能将你留在梦中！

作甜美的旋律把世界哄睡，
化温馨的芬芳将万物充溢，
用我破碎人生的微笑
带走尘世的哭泣！

若能将你留在梦中！

如大海般作万物的界线，
如光波般无边无际，
把星辰的天空
藏进我闪烁的眼里！
若能将你留在梦中！

诅咒将变成我的礼物，
哀秋将如丽春般不老，
我有限生命的一次脉动
创造多少幸福的天堂！
若能将你留在梦中！

呼吸诉说着不朽的故事，
每一刻都是永存的记忆，
爱人啊，我将把自由数百次
禁锢在自己这短暂的生命里！
如若能将你留在梦中！

■《莲》-4

49. आज क्यों तेरी वीणा मौन?
今天为何没有你的琴音

今天为何没有你的琴音？

身倦了手也累了，
心也忘记了跳动，

今天，是谁在心里
放入甜蜜和痛苦？
为何没有你的琴音？

眉眼静默低垂，
沉睡的星辰闪烁如画，

是谁让沉睡的眼中
充满泪水？

今天为何没有你的琴音？

外面是云的暗淡，心里是痛苦的黑暗，

天空中是闪电，爱人在你心里面，

人生被变作雨季的夜晚

谁将暗影化作回忆？

今天为何没有你的琴音？

■《莲》-5

50.श्रृंगार कर ले री सजनि!
女友啊，装扮起来吧！

女友啊，装扮起来吧！
新湖的水波上，
轻盈洁白的云升起；
柔软带沫的珠串上
无数的星星在游动！
女友啊！穿上光的纱衣，
大地颤抖着站起！

露水洗过的蓓蕾上
萤火虫如灯盏燃起；
风带走香甜的花粉
涂抹去往林间的路；
黄蜂在莲花的房间
吟唱醉人的蜜语！

你用梦的花装饰身体
带着分离的礼赠；
渴盼了无数世纪的眼睛
今天为它们抹上油彩！
女友啊！用脚铃迷人的声音，
把相会的美妙歌曲奏起来！

今天河滩上的沙砾，
是我们遗忘的身份；
来而又去的瞬间
如抚慰，如恩赐；
女友啊！未知的路上，爱人走远
甜蜜的夜晚淋湿了衣！

女友啊，装扮起来吧？
■《莲》-6

51. कौन तुम मेरे हृदय में?
你是谁，在我的心里

你是谁，在我的心里？

是谁，时刻在我悲痛的心中，
装进无形的幸福的甜蜜？
是谁，悄然让我干涸的眼中
溢出未知的如云的泪滴？

金梦的画师
藏在睡眠的空房中？
你是谁，在我的心里？

是谁，让我的呼吸
与之长久相随？
为亲吻它的足迹

又一次次返回！

是谁，让我如那女仆
被囚禁于你的胜利？
你是谁，在我的心里？

痛苦的空无里聚结
永恒满足的世界；
短暂的赐临给予
百次的轮回解脱，

我得到了什么
在这痛苦与甜蜜的交易里？
你是谁，在我的心里？

啊，女伴呀，为我装扮吧！

心里不知道是什么
如遥远的音乐在回响！
此刻我已迷失自我
失去得到，是相反的吗！
离别的夜晚是不是沐浴而来
在甜蜜相遇之日的黄昏里？
你是谁，在我的心里？

昏暗的海上
一动不动的光影；
此刻为什么甜蜜的檀香
如焰火般芬芳撒下？
为什么我听见一样的脚铃声
在生命到来和离去时？
你是谁，在我的心里？

沉默的悲喜
是否如我的新饰？
飘渺的天堂给予的
是否是对谦逊大地的爱？
此刻是否幸福的创造者
正与毁灭约会而去？
你是谁，在我的心里？
■《莲》-7

52. विरह का जलजात जीवन, विरह का जलजात!
人生是离苦的莲

人生是离苦的莲，离苦中的莲花！
在痛苦中出生，在悲悯中安家；
白日收集露水，夜晚来细数！
人生是离苦中的莲花！

心是盛泪的杯盏，眼是孕泪的匣；
流动的水珠形成它云朵般易逝的体态！
人生是离苦中的莲花！

这里春天让幸福的泪滚落；
雨季更带来悲伤的泪水的市集！
人生是离苦中的莲花！

岁月-雨季已给它时光-眼泪的珠串；

微风在呼吸中追问它说的话！

人生是离苦中的莲花！

今天愿是你游戏中的莲花；

在你微笑的清晨美丽绽放！

人生是离苦中的莲花！

■《莲》-9

53. बीन भी हूँ मैं तुम्हारी रागिनी भी हूँ !
我是琴弦，亦是你弹奏的乐曲！

我是琴弦，亦是你弹奏的乐曲！

沉默静止的微物中有我在沉睡，
世界的最初颤动中有我的苏醒，
毁灭与生命足迹中有我的存在，
我是诅咒与你相缚成为馈赠，
我是河道，亦是无渠的水流！

我是那口渴的杜鹃，眼含雨云，
我是把飞蛾融入生命的那冷漠的灯，
我是忧伤的夜莺，将花儿深藏在心，
是那时而合一时而分离的变幻的影；
我与你分离，亦与你如影随形！

我是火，让冰雪融化流淌，

我是空，随时间的幕布伸展，

我是宝石，出生在冷酷的岩石上，

我是那心灵在这里的映象！

我是乌云亦是金黄的闪电！

我是毁灭，亦是无限的发展，

我是奉献的白日，亦是最爱恋的夜晚；

我是弦是奏，是铿锵的乐章

我是罐是蜜，是蜜蜂也是甜蜜的遗忘；

我是唇，亦是微笑的月光！

■《莲》-10

54. रूपसि तेरा घन-केश पाश!
美人啊你浓密的鬈发！

美人啊你浓密的鬈发！
柔软黑亮芬芳，
状如波浪！

是否在夜晚天河的白浪中
洗净鬈发而来？
水盈盈的眼睛轻颤，
新浴的身体啊在发抖！
从湿润的发尖
水滴跳着各样的舞姿落下！
美人啊你浓密的鬈发！

淡香微湿
黑色的纱丽温柔包裹；

路上萤烛如金黄的花，

从风动的裙边簌簌落下；

所及之处如灯盏一般依次

被你明亮欢愉的目光点亮！

美人啊你浓密的鬈发！

鹤群如莲花串，

在雀跃的胸膛飞过；

你的呼吸触过大地，

化作摩耶山的清风吹过；

听见孔雀啾鸣如脚铃的声音，

沉默的渴望渐渐苏醒！

美人啊你浓密的鬈发！

光滑的额发覆盖身体，

各处充满无边的欢欣；

微笑弯腰

清凉的吻在柔软的额上；

慈爱地宠它哄它

这是你初醒的伤心的婴孩啊！

美人啊你浓密的鬈发！

■《莲》-11

55. तुम मुझमें प्रिय, फिर परिचय क्या!
你在我心里，何需介绍

你在我心里，何需介绍！

星眼里的身影生命里的回忆，
眼中的沉默脚步里的轻盈，
小小的心里装满你的回忆，
欢欣美丽，
何需再从这世界收集？

你的脸如微笑的黎明，
你的影如忧伤的夜晚，
那睡梦那清醒，
游戏期间，累了倦了，让我睡吧，
何需去理解毁灭创造？

你的唇亲吻过的杯盏，
你的笑调制出的佳酿，
心里满是你的甜蜜，
何需再问我的爱人？
你给我的是甜蜜还是悲伤？

处处是快乐欢愉，
呼吸间万千生命，
梦里那未知的世界，
爱人啊你在我心里形成—消逝，
对我来说哪有什么天堂还是寂灭？

输就失去自我，
赢就在爱人里迷失，
把你的束缚化作胜利，
在贝壳中灌入大海，
爱人啊！什么是我的失败—胜利？

你是图画我是走线的笔，
你是甜蜜的歌调我是发声的琴弦，
你是无限我是有限的幻觉，
身与影之间有何神秘，
何需扮演情人—爱人的戏？

■《莲》-12

56. मधुर-मधुर मेरे दीपक जल!
甜蜜地燃烧吧我的灯

甜蜜地燃烧吧我的灯！
世世代代每天每时每瞬，
照亮爱人的路！

像燃香散发满室的芬芳，
像蜡烛融化柔软的身体；
生命滴滴消融，
散发无垠之海般的光芒！
欢欣地燃烧吧我的灯！

所有新鲜的柔嫩的寒冷的，
都向你渴求焰火，
宇宙飞蛾懊悔地说：
“唉，我为何不能融入你一起燃烧！”

颤动着燃烧吧我的灯！

看天空中数不清多少的星灯，
日日无爱地在燃烧，
含水的大海波心在燃烧，
化作乌云带着闪电在堆积！
慈悯地燃烧吧我的灯！

树木的柔软葱郁，
是内心燃烧的火焰；
大地万物的深处，
也禁锢着奔腾的炽热！
散发光芒燃烧吧我的灯！

不要惧怕
我呼吸般的疾风将你吹灭！
我会一直守护
用我如不安的眼睑般柔软的裙边！
天真地燃烧吧我的灯！

有限只是弱小者的束缚，
别计量时间你将永恒，
用我眼中不尽的珍宝——
我为你续满泪滴！
含泪燃烧吧我的灯！

黑暗无限你的光芒永恒，

继续玩吧新的游戏；

在缕缕黑暗中像闪电一般，

描绘迅疾永恒的图景，

单纯地燃烧吧我的灯！

燃烧燃烧直到你寂灭，

靠近靠近在幻像中他到来，

消融在甜蜜的相会，

在他明亮的微笑中！

沉醉地燃烧吧我的灯！

照亮爱人的路！

■《莲》-14

57. मुखर पिक, हौले बोल
多舌的杜鹃，你慢慢说

多舌的杜鹃，你慢慢说，
兴奋执拗的杜鹃，你慢慢说！

甜蜜的蓓蕾苏醒之后任它采撷，蜜蜂说再多一些，
嫩黄的新叶会在讶异中掉落，杧果树开花了要结果，
风如喝醉一般摇摆，
兴奋执拗的杜鹃你慢慢说！

甜蜜季节的爱将在树叶的沙沙笛声中逝去，
如颤抖的芽草般柔美短暂的梦也即将凋落，
一颗无价的轻泪凝聚，
兴奋的杜鹃你慢慢说！

飞鸟们吵闹着问肉桂树谁来了谁来了？

天边的云如少女的纱丽边儿轻轻拂过，
闪闪发光的面颊上满是欣喜，
兴奋执拗的杜鹃你慢慢说！

爱人啊他在夜半的宁静中悄悄地来，
他的脚步声比我眨眼的瞬息更静默，
爱人啊！那一刻是多么珍贵！
兴奋执拗的杜鹃你慢慢说！

他化作梦境而来在醒来时离去！
今天我的听众在双眼里端坐；
耳朵也不需要甜蜜托辞，
兴奋执拗的杜鹃你慢慢地说！

用充满悲悯的波涛填满你的声浪吧！
我的心巢已无处将这黎明藏遮，
将他锁住再睁开眼，
兴奋执拗的杜鹃你慢慢说！

■《莲》-15

58. पथ देख बिता दी रैन
我凝望爱人的来路度过夜晚

我凝望爱人的来路度过夜晚，
却没有看见我的爱人！

黑暗用芬芳的圣水
洗净天空的道路；
空寂的庭院里
灯光点亮闪烁摇曳；
黎明到来谁吹灭了它？
我不知道，不认识！
但我没有看见我的爱人！

金盘里放入云彩，
如金黄的报春花，
旭日的金罐鸟儿鸣叫，

如吉祥的祝福。
爱人到来踩着黎明的路，
未曾诉说黑夜的故事！
我没看见我的爱人！

穿上如新虹的衣裙，
抹上红色的油彩，
带上叮咚作响的脚铃——
闭合的莲上蜜蜂的嗡鸣，
重新来把夜晚欢庆；
我不再昏睡！
我没看见我的爱人！

流转的时光，
勾画这生息的历史；
充满身心的欢乐，
归来时一无所有；
这流淌的是记忆，
不是眼中的泪水！
我没看见我的爱人！

女友啊，天空昏沉，
世界如如泡沫般消失；
这痛苦的王国没有尽头
没有变化；

我是爱人永远的恋侣

不是路途上的标记！

我没有看见我的爱人！

■《莲》-16

59. मेरे हँसते अधर नहीं जग-
别看我微笑的唇

别看我微笑的唇——

看看那人间的珠泪！

别碰我潮湿的眼，

看看那枯萎的花瓣！

消散的浮云，

让新虹的笑容欢愉绽放；

渐逝的虚日，

让宇宙的律动斑斓多彩；

零落的孤花

让尘世变得芬芳；

将熄的小灯，

让黑暗充满光明；

啊，易逝无情的人啊！
看欢愉让人迷乱；
别碰我潮湿的眼睑，
看看那枯萎的花瓣；

看无数短暂的生命消融，
走向毁灭；
看新芽与蓓蕾因腐烂，
重获新生；
爱人啊，看消逝的短暂时刻
多少时光创造又消逝！
无数错误的世界错误地
创作了充满错误的世间！

爱人啊，别看我今天的束缚，
看尘世的枷锁！
别碰我潮湿的眼睑，
看看那枯萎的花瓣！

吸气说“爱人来了”，
呼气说“他走了”；
眼睛觉得不认识，
心却说着这关系是长久的；
只听见理智说：“那梦装饰的时光
时常会变成新面孔到来”；

痛苦在纠缠中找不到路，
幸福流淌自含泪的眼；

看，如今你可能已在我里，
而“我”变成痛苦的时光！
别碰我潮湿的眼睑，
看看零落的花瓣！
■《莲》-21

60. कैसे संदेश प्रिय पहुँचाती
如何向爱人传递消息

如何向爱人传递消息!

眼湖的洁白里是无尽的墨汁,
黑色的杯盏,一对淌落的星辰;

在每个飞逝的页面上,
用回忆书写呼吸的文字——

我在自己的昏昏入睡中,
写了一些,留下一些还要写!

如影行走在阴影的路上,
每时每刻多少人来来往往;

他们的讯息模糊不清，
一忽儿神秘一忽儿熟悉；

没有遇见那早就相识的使者，
可以向他倾吐我的心声！

未知的岸边，晚霞在
红船里洒满明亮的光；

每日将霞红的微笑
带到黑夜蓝色的河水上！

它在我悲伤的故事里
镌刻上许多微笑，

装扮金黄的藏红花如星星的额饰，
眼抹黑油彩柔软的足底涂满红色；

陶罐装满美酒，
黄昏时幸福的爱情将来临！

他在我的悲伤里，
溢满甜蜜的琼珠；

月遮盖上新云的面纱，

如星的眼在仁慈地凝望，

梦被脚步惊醒，
用呼吸铺开沉默的黑暗；

黑夜用泪水洗去，
相遇中我的幸福！

如何向爱人传递信息！
■《莲》-22

61. टूट गया वह दर्पण निर्मम!
那无情的镜子碎了

那无情的镜子碎了！

那里我的身影在欢笑，
心里我的虚情在哭泣，
泪和笑装饰宇宙大地，

继续玩着捉迷藏的游戏，
爱人啊，那幻境后藏着“我-你”！
那无情的镜子碎了！

给自己创造两种形体，
两种形体在其中相遇对视，
遗失的世界于这里栖息，

闪耀、无与伦比，
你给予了它笑和喜！
那无情的镜子碎了！

何为雨天何为秋季，
何为相聚何为分离，
何为人生的每个瞬息，

何来日与夜何来苦与喜，
此刻世间是黑暗还是你，
噢，那无情的镜子碎了！

在哪里看我装饰秀发，
在哪里让我为喜悦抹脂妆，
在哪里让我用睡梦来涂眼眶，

谁与我争吵谁讨我欢喜，
用什么形去把我的心填满！
噢，那无情的镜子碎了！

此刻自我在哪里，
哪里有你的遮蔽，
我的牢笼是你的希冀，

爱人啊，我在你中看见我的悲痛，

你在我中看见你的欢喜！

那无情的镜子碎了

■《莲》-31

62. दीपक में पतंग जलता क्यों?
飞蛾为何扑向灯?

飞蛾为何扑向灯?
在爱人的光焰下生存,
为何又要装作远离?
痴人啊飞蛾为何扑向灯?

那灯的光焰,
在我这里也有;
看见自己的火,
为何又对别人的热痴迷?

光焰何时熄于光中?
星星何时融入星群?
为何只在你的烈焰中燃烧
又为何要惊慌不已?

无生自有生中获得生机，
黑暗融入白日走向光明；
但是生命的微尘，光的碎影，
为何永远在无明中沉沦？

你是燃烧的痴人，
将眼泪化作爱恋；
在无生无息的世界里，
燃烧—熄灭，为何哭泣？
飞蛾为何扑向灯？

■《莲》-34

63. मधुवेला है आज
今天是甜蜜的时光

今天是甜蜜的时光，
啊，你这人生的玫瑰花！

痛苦的夜晚来给你戴上珍珠的花环，
快乐的微风为睁开的双眼击打节拍，
啊，别害怕呀我柔软的花啊
疼痛是对你的宠爱！
啊，你这人生的玫瑰花！

如乞丐般这世界为得到怜爱站了起来，
懵懂的花瓣笑着打开了门，
珍宝被劫取一空，
或者明天化作金黄的尘土！
啊，你这人生的玫瑰花！

■《莲》-39

64.लाए कौन संदेश नए घन
新云带来了什么消息?

新云带来了什么消息?

骄傲的天空
低垂下头,
他沉寂的心里,
雨季的眼泪已泛滥!
新云带来了什么消息?

慵懒的夜晚
从睡梦中惊醒,
漆黑颤抖的腕上
闪电如镯骤然亮起,
新云带来了什么消息?

四面的微风
带来边区的香气，
女友啊，萤火虫如小宝石
从断链上散乱掉落！
新云带来了什么消息？

无生的世界
以稳定的频率颤动，
大地久蓄的梦
化作嫩芽破土而出，
新云带来了什么消息？

哭泣的杜鹃
踌躇不安，
沉醉的孔雀在天空中
重温细雨的舞，
新云带来了什么消息？

我小小的心里
充满欢乐与痛苦，
我诧异的眼中
盈满如珍珠般闪耀的泪滴！
新云带来了什么消息？

■《莲》-43

65. जागो बेसुध रात नहीं यह
醒来吧，这不是昏睡的夜晚

醒来吧，这不是昏睡的夜晚！
被心灵的苦泪淋湿，
被幸福的清香充溢，
这是飘散的心的呼吸，
不是醉人的南风！

如月珠般盈动，
时刻流淌消逝，
这是眼中痛苦的泪水，
不是玫瑰圣洁的微笑！

无边黑暗的深处
光瞬间隐去，
这是痛苦中散落的回忆，

不是云中闪电的舞蹈！

从汗水中拿来，滴落的珍珠，

用裙边遮挡着希望的灯火，

这是来叫醒你的痛苦，

不是梦的欢乐！

■《莲》-57

66. प्रिय ! सान्ध्य गगन
爱人啊！黄昏的天空

爱人啊！黄昏的天空，
我的人生！

昏暗的忧愁画出地平线，
晚霞的红芒如我的福运，
暗影般的身段平静淡然，
回忆浸湿的梦是多彩的云！

今天心愿的金黄，
环绕浓墨般的忧伤，
与黄昏的天空沉默相遇，
这带泪含笑的凝望！

如风的气息缓缓而来，

充满尘世记忆的香气；
生—死的两岸遍地芳香，
莲丛在细微中绽放！

现在始—末两两相见，
日—夜—欢笑缔结连理，
冰雪因眼泪融化滴落，
今天北极星成为回忆变幻的瞬息！

心愿金色的箭矢，
如光束般纤细迅猛美丽，
插入空旷无边的天空中，
变成一朵朵星宿的花！

今天，欢乐、悲伤的鸟儿都归巢！
黑暗正抹去我世界的光明，
今天，那画好的路隐藏起来了，
客人啊，请降临到我的眼里！
■《黄昏之歌》-1

67. शून्य मन्दिर में बनूँगी
虚无庙宇中

今天，我成为虚无庙宇中你的雕像！

钝疼是神圣的仪式，
咸涩的眼泪是祭品，
用悲伤沐浴过的痛苦
是我的祭司，光明而神圣！

脚铃的碰撞停歇，
换以整个世界的空寂，
不可触及的天空低垂
成为脉动的祈求者！

不安的星眼也静默，
我一根发丝都不曾扬起，

今天，一切律动都静止
每一处毛孔里充满欢喜！

远离迷醉的曲调，
不再有热切的企盼，
你无声的歌唱
在我虚无的目光里停息！
■《黄昏之歌》-8

68. प्रिय-पथ के यह शूल मुझे अति प्यार ही हैं।
爱人啊路上的这痛苦我甘之如饴！

爱人啊路上的这痛苦我甘之如饴！

如宝石般的那些回忆
成为人生的宝珍，
烈火的燃烧煅炼
只让它更加纯净！

灯芯那里只剩下灰烬！

黑夜之树让花凋落，
白日睁开了眼睛，
我在此前的痛苦中
融入现在幸福的甜蜜！

神啊，再停留一会儿吧，这眼泪仍只是咸涩！

夜送来月光，
遮住我的影，
蓓蕾的花环
被微尘轻柔的脚步亲吻！

灿烂的星星是我永恒的过往！

虔诚等待的拉塔
今日心神不宁，
离苦变为信仰
相聚分离哪有区分！

失去成为得到那失败也就是获胜！
《黄昏之歌》-9

69.रे पपीहे पी कहाँ
哎，杜鹃鸟叫

哎，杜鹃鸟叫：“哪儿喝？”

从这边到那边你在空旷的天空寻找，
用小小的翅膀把云海丈量；

他遍在我的生命中
我去哪里寻找我的爱人？

给喉头一滴水露，
你让我微笑地沉溺在多年渴望的海洋；

到哪里能获得满足，
人生只有对你的渴望？

你的雨云飘乎游荡瞬间消逝！
我自己是水是火焰！

如不若灯一样燃烧
那么如何保持含水之状？

我成为爱人足下的脚铃，
舞动中充满无力和失望！

爱人在心里停驻！
追寻的回忆在哪里安放？
■《黄昏之歌》-11

70. विरह की घड़ियाँ हुई अलि
女友啊，离苦时分变得如同夜晚一样甜蜜

女友啊，离苦时分变得如同夜晚一样甜蜜！

爱人啊，远处的星辰如眼眸在身旁，
呼唤的声音穿过虚无天空的静默，
今天这无垠的广阔，
如短暂人生的情郎！

心跳诉说着经年未说的故事，
眼中泪水化作微笑那般甜蜜，
每一次无声的呼吸
如崭新睡梦的伴侣！

女友啊！模糊无望的明天在今天里隐匿，

相聚在我的离苦中合一！

凝视着我的路

回忆如失望的布迦尼[1]！

黄昏的天空铺满我的绚丽爱意，

黑暗的灯光那是我微醺的欣喜，

获得被尊崇的敬意，

我似这禁缚中的斯瓦米[2]！

■《黄昏之歌》-12

---

① 布迦尼：Bujani，指敬神的女子、向神乞求的女子。

② 斯瓦米：Swami，指主人。

71. मैं किसी की मूक छाया हूँ न क्यों पहचान पाता!
我是谁沉默的影他为何认不清？

我是谁沉默的影他为何认不清？

乌云落下的雨是我眼中聚集的泪，
新虹倾吐的喜是我唇上绽放的笑，

那沉默中呼唤的正是我心中诉说的世界！

我是那虚无，无定空虚仍勾画出天际，
我是那爱恋，分离中恋上那长久的分离，

虚无中我被变成虚无的自我！

当爱人的脚步来到时生命开始有呼吸，
当爱人的心沉默不语时便即是死亡，

是否分离总为亲吻我相聚的脚步而来？

友人啊，从睡眠之海中找来的那些梦中的宝珠，
我将他们串成项链为什么要说那是清晨的泪滴？

带上它吧我的女友啊去让我的蓓蕾们欢笑！

在生命中点燃的那是另一个长明不熄的灯，
让黑暗充满月光的那是另一片充满闪电的云；

抛弃了灯你如何爱飞蛾！

在爱人还未打破这易碎的镜子时，
让我凝视她微笑的唇，含泪的眼，无形的脸。

何时世界这镜与影的爱恋变为永恒！
■《黄昏之歌》-16

72. सो रहा है विश्व- संध्यागीत
世界正酣睡而我的爱人在星群中独醒

世界正酣睡而我的爱人在星群中独醒！

命运如娴熟的画师，
在我温柔的生命之罐上
描绘痛苦与欢乐的色彩，
它要咸涩的泪水我却注满爱的琼汁！

光影在分离的时刻交错，
我独自寻找的他，
变作尘世的喧嚣。
我的眼能认出他的影，我的心熟知他的脚步声！

遥远之处的神斑斓绚丽，
触碰你之后留下

这如画的未完的游戏!

在遥远的地方戏要但我的心无法感受他!

金色的欢愉是你的——

而我的存在

将如微小的水滴般蒸发!

眼已闭上睡去而心在坚守!

云聚拢风微湿——

变幻的金日

炙烤残缺的圆月!

这游戏和这心!爱是新的不平等!

■《黄昏之歌》-18

73. री कुँज की शेफालिके
喂，林中悲伤的树啊！

喂，林中悲伤的树啊！

微风拂过温柔的胸前，
黑夜送饮醉人的甘露，
树叶慢语轻摇，
闭上眼睛——
爱人化作芬芳离去！

在黑暗中形成光的世界，
无形生出万千形色，
明明很近却又远不可及
只有黎明将成为爱人！
少女啊，你唱吧像夜莺那样！

地平线消融洗去，

时间的界限隐退消弭，

形体的束缚打开褪去，

黑夜用泪水洗掉

今晨所有的足迹！

喂，林中哭泣的树！

■《黄昏之歌》-20

74. मैं नीर भरी दुख की बदली!
我是饱含苦水的雨云!

我是饱含苦水的雨云!

移动中遍及永恒静止的天宇,
用哭泣让待洗的世界微笑。

双眼中如灯烛点亮燃烧,
眼睑里溪流任性喧闹!

缓缓脚步中充满旋律,
如呼吸般吐纳梦的檀香。

用天空的新色织成纱丽,
在暗影中酝酿南来的春风。

为天际眉宇抹上烟黛，
化作乌云浓郁沉重的忧思。

在蕊粉上洒下水露，
让新生的蓓蕾含苞抽芽。

来时莫使路染尘土，
去时不让足留印迹。

世间有我到来的回忆，
最后绽放时幸福的颤栗！

广阔天空中的任何一个角落
都不是我自己的居所。

这就是我，介绍这么多，而我的历史——
昨日升腾聚积，今日飘散消逝！
■《黄昏之歌》-21

75. जाग तुझको दूर जाना
醒来吧，你要去的地方很远！

一直清醒的双眼今天为什么如此困倦！
醒来吧，你要去的地方很远！

今天，纵使巍峨的喜马拉雅山内心在颤抖！
纵使沉寂疲惫的天空流下末日的眼泪；

今天，纵使浓郁的暗影吞噬天空的光明，
雷峰里无情的风暴苏醒咆哮！

就算消亡也要在路途上留下足迹
醒来吧，你要去的地方很远！

是否要为这虚幻的浮世所羁绊？
是否会因这斑斓的蝶翅而停驻？

是否甜蜜的嗡鸣让你忘却了世间的哭泣？
是否花间嫩叶上的湿露让你在其间沉醉？

不要让你的影子成为你的牢笼！
醒来吧，你要去的地方很远！

雷霆之心在一滴微小的泪中浸湿，
是否人生的甘露换来这如毒药的苦酒？

是否风暴沉睡，微风诉说着爱的情话？
是否世界的诅咒今天化作睡梦来到身边？

渴望永恒的你今天为何让死亡停驻心间？
醒来吧，你要去的地方很远！

别说了，在冰凉的呼吸中忘记那燃烧的故事吧，
心里有烈火那么今天眼睛将被泪水装饰；

失败也将成为你胜利的旗帜，
灰烬是短瞬飞蛾的也是永恒的灯的痕迹！

在灰烬的床上铺开柔嫩的花，
醒来吧，你要去的地方很远！

■《黄昏之歌》-28

76. कीर का प्रिय आज पिंजर खोल दो!
鹦鹉的爱人啊，今天打开牢笼！

鹦鹉的爱人啊，今天打开牢笼！

鸟喙触碰的草茎，
发出抑扬的笛声。
颤栗囚徒的痛苦，
让牢笼也无声颤抖。
今天让它在这无意识的世界里呼喊！

用泪水让它苏醒
拍打，用飞鸟所有的力气，
经年被缚无力的囚徒
将挣脱禁锢飞起来！
今天让翅膀称量那光明的梦想！

无论夜晚多么黑暗！
未知的远方就是要去的地方；
远方的鸟儿来到身旁
在无尽的囚禁中住下！
今天，让满月融入这将逝的乌云！

水银般颤动不安的身体，
饱含云雨般的心灵，
用那成为枷锁量度的去丈量蓝天的无垠，
今天，为它购买无尽白日的一束光明！
■《黄昏之歌》-29

77. क्या जलने की रीति शलभ समझा दीपक जाना?
燃烧的法则飞蛾和灯是否互相懂得

燃烧的法则飞蛾和灯是否互相懂得？

灯芯被包围封闭在
火的界地，
悲伤的飞蛾不停地
扑向灯的焰火！

它将在黎明到来时熄灭而它的痛苦一瞬而过！

它烧焦的翅膀，和它的
一线焚烟遗落，
它不再痴狂而它
也没了炽烫的热。

它们是永恒满足了还是后悔了这世界如何评说？

爱人啊我永恒的灯
点燃的这人生，
那里有灯的光亮
和飞蛾的苦涩！

一年年静静地燃烧并把燃烧的馈赠获得！

哪里雷波中传来的喧嚣
充满痛苦的气息，
颤抖的狂风
是永远清醒的守卫者！

明亮的清晨和漆黑的暗夜互不懂得！
--《黄昏之歌》-39

78. हे चिर महान्!
啊，永恒的伟大！

啊，永恒的伟大！

金色的光触摸洁白的前额，
绚丽的笑容舒展开来；
彩虹成为你的头饰，
风轻抚为你涂抹香气！
但你是积雪之所没有感情！

向着天空傲立从不低头
却让微尘在胸膛停留；
心因尘世而感伤而融化
身把雷霆之重承受！
多么柔软又多么坚强的生命！

数百次风暴来袭，

你于禅定中屹立！

然闻微尘灼烧的悲鸣，

便自双眼留下长泪！

欢乐无动于衷痛苦感同身受！

今天，将我人生的沉默

融入你的身影，

身修如你那般的苦行，

心量慈悲之海的广深！

心中似雨季眼中若清晨！

■《黄昏之歌》-42

79. सखि मैं हूँ अमर सुहाग भरी!
女友啊，我是无限幸福的新娘！

女友啊，我是无限幸福的新娘！
爱人无限的爱恋伴在身旁！

何须舍弃，何须渴盼，
甜蜜与痛苦于我是同一的模样；
脚步所踏之处，
利刺变作娇花，硬石化作柔波荡漾！

哪里有我孕育世界诅咒的地方
每一个毛孔里都是幸福的震荡！

那畏惧路途荆棘的，
永远在寻找荒寂，黑暗的洞穴；
那带来爱人消息的信使，

我把他带来的幸福、悲伤抓在手里；

眼中溢出的这小小泪滴里
是我散落的爱恋的甜蜜！

朝霞染红发际，
夕阳涂红足底；
满月如节日的灯盏
照亮我的身体！

我的影愈发深沉，
洗净这世间的尘埃印记！

脚下聚积的灰尘里，
天空的阴影之路降临；
呼吸环绕的乌云，
它的爱让枯萎变绿荫！

我给贫瘠之地带来生命的彩罐，
用痛苦把它填满！

■《黄昏之歌》-43

80. दीप मेरे जल अकम्पित
我的灯稳稳地燃烧

我的灯稳稳地燃烧，
静静地融化！

大海的呼吸沉重，
闪电，是黑暗不安的心，
天空在颤抖吗？
那被痛苦的泪水浸湿的裙边！

声线颤抖的方向，
连接，所有大地的河流，
黑暗的死亡在歌唱，
今天仅为你的欢享。

夜晚情人的

飞蛾烧焦翅膀的
以及不灭火焰的爱恋，
无价的旅资你都带走！

别忘记道路，一个脚步也别忘！
别丢弃窠臼，小小飞鸟也别丢！
温柔火焰的画笔，
用光明描画万物的影迹！

所有都随你带走，
温柔无声的梦
没有这些旅资，
别遗失在饥渴的荒野上，走吧！

余烟中有什么要诉说，
灰烬中有什么可称量，
清晨哭过笑过后细数，
黄金的时刻有几多！
灯啊，你稳稳融化吧！
走吧别停留！

■《灯焰》-1

81. पंथ होने दो अपरिचित प्राण रहने दो अकेला
给一条陌生的路让生命独自前行！

给一条陌生的路让生命独自前行！

暗影如朔日般笼罩，
乌云般的黑眼里下起了细雨；
或许眼将干涸，
瞳孔暗淡眼睑粗糙，
但这里湿润的目光中，
千万道闪电里灯在嬉戏！

或许脚步退缩，
转身返回，一切希冀在痛苦面前臣服！
但痛苦的修行者欢欣地创造，
丈量永恒的脚步，
与世界紧密相连，

用黑暗中散发的金色光芒！

也可能是另一个故事，
声音融入虚无，脚印在尘土中丢失无痕；
今天死亡都惊讶于
我每日不停的行走，
带着珍珠的集市和
火花的盛会！

派来微笑的甜蜜使者吧，
或愤怒拧眉的秋天，无论什么！
坚定的心只为与你相遇，
带着痛苦-泪水，梦想-莲花；
要知道那相遇是合一，
离苦中有相伴的人生！

给一条陌生的路让生命独自前行！
■《灯焰》-2

82. ओ चिर नीरव !
啊，永恒的静寂！

啊，永恒的静寂！

我是不息的河流，
来自你纯净的冥想，
长眠的入梦时分，
舞蹈中向着弦乐流淌！

我是流动的泪水，
生于你生命的惊慌，
为实现你的心愿，
我迸发歌唱的力量！

我是回忆之舞，
脚步所至，即成道路，

脚铃的声响便是方向，
衰老世界的生命被唤醒！

我充满的喜悦，
如宝藏的水壶不停流淌，
冲开礁石的阻碍，
带走痛苦——创造新的宝藏！

我永不停息，
近旁的岸堤一成不变，
那岸上形色喧嚣，
水色生香芽草初长！

我只是水中细浪，
你是山高耸，他是海深广，
流动中我将你俩捆绑，
洗去其间的上千幻象！

我湍急前行，
以你的眼泪为粮，
寄居在大地的胸膛，
搬运着新的怜悯和悲伤！

■《灯焰》-3

83. प्राण हँस कर ले चला जब
当沉重永恒的痛苦

当沉重永恒的痛苦
微笑地带走生命！

大海中央升起
波浪的篇章！
山峰脸上还有未干的
泪水的痕迹！
那时起微尘无法停止悲伤的交易！

终将燃尽的灯里
天空从无限的静默中醒来，
身穿光明—黑暗
成为守卫者，地平线！
光束成为星星上明亮璀璨的环！

心愿的云

用金色的箭射穿心灵，

梦的飞鸟，

被这沉默的地平线束缚！

用闪电的兴奋装点这一瞬间！

虚空的呼吸

如画笔一样涂抹，

上百种颜色的浪潮

向着大地涌来！

每一缕风都开始聚集伸展！

别再说送回去

那痛苦的诅咒，

已经成为心中的悸动

眼中的泪水！

永恒在其中庆祝死亡！

她的影子中

花与刺一起生长，

如蜡烛中的灯焰

贝壳中孕育着珍珠！

毁灭的灯座握住的是创造的百盏灯焰！

■《灯焰》-4

84. सब बुझे दीपक जला लूं
让我点亮所有熄灭的灯

让我点亮所有熄灭的灯
黑暗笼罩，今天让我奏响点灯的琴音！

此刻歌声唱起，狂风暴雨
冲破天的牢笼，
此刻云中禁锢的闪电
不断起舞，
微尘的琴上让我为每根弦合鸣！

星星惊恐得闭上眼睛，
风神惊慌得失了路径，
流星簌簌坠下
在天空中空留印痕，
在指尖的庇护下让我保护每个温柔的梦境！

柔软的灯芯化作乐曲，
美丽的灯焰是它唱出的每个声音，
我爱的醉人的弦音
如照亮四周的光明，
此刻在燃尽之前让我把这里变为灯的节庆！

看甜蜜的悲伤
在盈满泪珠的身上，
心愿如蜡烛般
洒在这条灰烬的路上，
如此金黄我要哄他们入睡别将它们称作灰烬！

此刻不要带来水手，
别告诉我如何度过彼岸，
此刻浪涛咆哮中请再一次将我召唤，
让我成为洪水中的小舟逃过这死亡的命运！

今天让我奏响点灯的琴音！

■《灯焰》-5

85. हुए शूल अक्षत मुझे धूलि चन्दन!
尘如檀香痛如贡米

尘如檀香痛如贡米！

呼吸如熏香烟般充满回忆的芬芳，
爱成阿尔迪[1]上不动的灯焰，
眼中的泪水成为祭拜的圣水！

金黄绚烂婀娜多姿，
欢愉的带刺的浸透眼泪的，
无数的梦的花瓣散落一地！

---

① 阿尔迪：Aarti，是一种敬神仪式的仪轨，印度教徒在日常的敬神仪式最后会手持酥油灯在神像面前旋转，这个仪式动作被称为阿尔迪。阿尔迪还指做阿尔迪敬神仪式时唱诵的音乐。

那创造—毁灭的黑白干达婆[1]，
我眼中古老，心却陌生的祭司，
昼夜不眠清醒地守候！

无垠绚丽的天空是我的庙宇，
扎根在大地浸透痛苦的柔软胸膛上，
呼啸的大海中银白海螺吹响！

别说毁灭可以让我停留在门口，
自己赐福，还有谁会给我以恩典？
何时花儿可以阻止芳香？

我是痛苦的生命日日体味幸福，
我是在灯焰中融化的蜡烛的女神，
呼吸就是新生何须计数毁灭的时间！
■《灯焰》-6

---

① 干达婆：Gandharva，又译作犍达婆、乾闼婆等，在印度宗教中一种以香味为食的男性神，能表演音乐、节目。

86. आज तार मिला चुकी हूँ।
今天我让琴声相融

今天我让琴声相融！

花间的暗语，
飞鸟的歌声，
微风起，光影
如瀑垂落，以它沉重的节拍，
此刻我让那不知名的曲调在呼吸中驻留！

云上如海涌动，
闪电道道划过如浪湿海岸，
多难的大地如幸福，
蔚蓝的天空如痛苦，
我用一种声音唱完这世界的双重故事！

在同样的心中孕育的
同一个起点的两条道路，
双眼皮上—河岸上，双唇上—海滩上
两个故事在书写，
我在一种曲调中让泪水、欢笑相融！

色、味回转聚集，
夜晚黎明转换交替；
一瞬一世一劫波时光重现，
落叶的秋天与甜蜜的春天纷纷回归；
这曲调中你说还有谁未被我召回？

那无情的人微笑着，
星群中远远傲立；
今天梦的天空中，
泪水与灯芯相伴而坐；
但我至今仍不能唱完痛苦的最后一曲歌！
■《灯焰》-7

87. कहाँ से आये बादल काले?
乌云从哪里来？

乌云从哪里来？
油烟一样黑的醉汉！

充满痛苦的世界，满是灰尘的天空，
焦灼的模样昏暗的方向，
为何不能在大海中安睡
这痛苦的守卫者？

眼泪的身，闪电的心，
生命里馈赠的许诺，
平静的脚步离开家园
去置办痛苦的旅资！

穿过地平线最后的门槛，

与第一束光焰相遇，
小小的灯盏一步步，
把燃烧的道路用爱浇灌！

咆哮中充满甜蜜节拍的吼声，
暴雨中抓住晃动的珍宝，
化作泪水滑落，
微尘草芥在微笑中孕育！

名中缚住所有的梦，
形中充满自我的颤动，
色中编织缠绕着
过去的时光！

那镶满宝石的小筐，
这装满珍珠的小盘，
天空说眼里装不下了，
夜晚说再来些生命填满！

■《灯焰》-8

88. यह सपने सुकुमार तुम्हारी स्मित से उजले!
这温柔的梦因你的微笑而灿烂！

这温柔的梦因你的微笑而灿烂！

我含泪眼中的甜蜜故事，
让每一刻都成为永恒的悲悯的馈赠，
灯芯的心事飞上天空向星辰诉说，
采来清晨的歌调，带着黄昏霞红的羞怯！

与云影一起带着泪水的咸涩，
撒遍宇宙的角角落落，
今天他的飘动中死亡是无知的囚犯，
谁是地平线的罗网把它们收罗囚禁！

渴望道路却不带旅资，
只有不断延展的无限的沉默，有限的场地，

它们如云一般涌起，如水珠般落下。

闪电是天空的利剑，用夜晚把痛苦装饰！

带着痛苦无字的信件去，

它们终将从天堂送回大地的财富，

那流动的灯盏，暴风雨给她们荫庇，

向前走，带着毁灭，此刻带着雷鸣与黑暗去相会！

当阴影的路上它们的身散落，

当开放的花间它们的形更美，

给我这份能用有限将你囚禁的礼物，

让相遇、分离的每个瞬间织进呼吸的花环！

■《灯焰》-9

89. तरल मोती से नयन भरे!
如珍珠的眼泪充满双眼

如珍珠的眼泪充满双眼！

从心里，爱的乌云升起，
痛苦—闪电的兴奋凝成雨滴，
回忆—爱人的影子落入如贝的眼睑！

水波明亮了双眼，
乘镶有蓝绿宝石的小船渡过，
干涸的河滩般带泡沫的花溪！

如水银般散落的珍珠，
呼吸不用丝线将它们串起，
成为世界永恒的装饰，散落尘土中！

化汁，在痛苦中加入甜蜜，

炙炼，把热渴的灼热消除，

满是灰尘的梦想用它洗过后变得洁白明亮！

■《灯焰》-10

90. विहंगम-मधुर स्वर तेरे
飞鸟你的歌声甜美

飞鸟你的歌声甜美，
我的琴弦根根沉醉！

美妙的曲调流淌
斑斓的回忆流动，
你飞过的金色痕迹
如画一般是我走过的路！

与你相合乐声奏起，
与我相触充满欢喜；
你奔向光明之约，
我奔赴妙乐的相会！

天地之间，这空隙，

满是我们的律动心跳；
近旁的草窠是你的宿处，尘土
是我的居所！

你没有带来啼叫的价值，
我的心挥霍生命的呼吸；
如波浪翻飞的鸟儿是你的装饰，
灯盏是我的装扮！

你选择稀少的草茎，
我细数盈盈的泪滴；
飞翔是你的职业，
生命的交易是我的！

你是天空永恒的歌唱之神，
我是大地胸膛不老的歌心；
天空因你充满喧嚣，
大地上满是我的灰烬！

你播撒诗行不停飞翔，
我的心渴望破灭的梦想！
你无限美丽，
我的爱没有尽头！

故事在天空中舒展飘荡，

大地浸染雨后痛苦的芳香；

雷电是你的赠礼，

乌云那样的爱是我的！

■《灯焰》-11

91. वह मंदिर का दीप इसे नीरव जलने दो
这庙里的灯让它静静地燃烧吧！

这庙里的灯让它静静地燃烧吧！

银螺、金笛、维纳琴声，
八音迭奏的阿尔迪时刻已结束，
那时百鸟相聚，
庙石微笑黑夜嬉戏，
而此时庙中唯有神，
让它燃烧吧消融这满堂的空寂！

祭台的地面上踩下的金黄足印，
俯拜的额头上点下的檀香痕，
撒落的祭米，花朵
燃香等无数的祭品，
在黑暗中融为一体，

让它燃烧吧照亮所有的祭词!

祭司转动时间的珠串世界睡去,
所有的声音成为过去消失在庙墙中;
生命如吐息禅定,
道路如黑暗汪洋;
万物心跳静止,
让它燃烧吧让这生命再次在灯焰中点燃!

暴风雨也在深沉的夜色中迷失,
今天成为祭司吧,灯焰小小的守护者;
直到白日的喧嚣重现,
时间苏醒,
光线中充满水汽与绚丽,
让它燃烧吧这黄昏的使者让它走向黎明!
■《灯焰》-13

92. गोधूलि अब दीप जगा ले!
黄昏，现在点亮灯

黄昏，现在点亮灯！

无垠的蓝天上，
星星是那散落的字母，
黑暗从展开的书信中走来，
带着爱人的召唤，浸透爱！

新娘的红粉装饰好头发，
足底涂抹金黄的藏红花；
今天，把光的黑色眼线，
画上你潮湿的双眼！

那中间混合着大地的痴意，
沉默天空的泪水，

你用夜晚的色彩，
为你轻盈飘香的纱衣染色！

此刻无尽的天空中飞鸟收起翅膀，
此刻有界的大地上脚步变得疲惫，
你叹出一口气为他们，
描画白日最后的微笑！

光的莲茎上彩云若荷，
倦鸟的鸣叫仿佛浪波，
急速飞向地平线—大海，
如壮丽大河的胸膛般广阔！

灯芯的每一缕灯的每一刻，
让笑容饮下目光的爱汁，
今晚在灯焰的每一次闪烁里，
梦的种子在萌芽！

黄昏，现在点亮灯！
■《灯焰》-18

93. सब आँखों के आँसू उजले सबके सपनों में सत्य पला!
所有眼泪皆明亮所有梦想皆孕育真理!

所有眼泪皆明亮所有梦想皆孕育真理!

那给予火焰的
融化自我带来光明,
那赋予香气的
枯萎凋谢散发芬芳!
两两同行,一样的路途但何时花可燃烧何时灯能绽放?

巍然的高山礼赠大地
那数百条奔腾的溪流,
永远环绕着大地的流水
波心清澈悲悯!
何时海洋的心会是坚硬的石头,高山无情的身躯何曾有过变化?

他如天空碎星般闪耀
舔舐分割的切刀，
他痛饮余烬的甘甜
红光般跳跃舞蹈，
为成为无价之宝黄金如何能切割钻石如何能融烧！

蓝天绿地如两扇母贝
孕育如珍珠般的生命，
万千形色在其上变幻
生命的光彩闪耀跳动，
那天上作为雷云的让地上的沙石中开花抽芽！

我在世间的每一个脚步里
拾起新的气息，
在形成消散中
细数我希望的瞬间，
将生命融于这世界独自燃烧绽放吧！

每一个梦想都镌刻一个真理！
■《灯焰》-27

94. पूछता क्यों शेष कितनी रात?
为什么要问还有多少个夜晚

为什么要问还有多少个夜晚？

你从不朽的生命中淌下，
触摸谁足甲的光芒在谁的指引下点燃，
带着谁美好的记忆在黑暗中微笑发光，
那洁白明亮的手指围拢在你的周围！

所有的萤烛藏起，
黑色风暴中无价的星星黯淡失去光华，
云雷心中颤抖的闪电平息啦！
与你相伴的是你所爱的孤独的雨季！

环绕的地平线如此讽刺，
每时每刻都在无情地询问是谁啊身在何处？

今天你所有炙热的呼吸就是回答！
这里你在消损而另一边是即将到来的清晨！

旋转起爱火的阿尔迪，
请来灯烟、金色的贡米和蓝色的藏红花，
带着沉默的生命中充满痛苦的爱的光明！
啊，迎上，发光，继续燃烧，哪怕毁灭的暴风雨来临！

何须惧怕？
为什么要问还有多少个夜晚？
■《灯焰》-42

95. अलि मैं कण-कण को जान चली
黑蜂啊，我洞悉这世间万象

黑蜂啊，我洞悉这世间万象，
世间所有的哭泣都能分辨！

那饱含珠泪的眼睛，
那绽放虹芒的凝望，
那如碎梦般的珠串，
滑落干枯的唇边！
那云间聚满的雨滴，
那草间陨落的星露，
我知道大地的苦涩天空的甘甜，
各色的泪水我都识遍！
痛苦是快乐的另一种语言！

那甜蜜迅疾的触动，

让身体快乐得发颤，
那足底刺入的荆棘
伤害破碎心与灵的容颜，
如柔软花心的颤动，
如锋利难挨的孤单，
我知道那荒漠与花园里
每一颗刺的心如何柔软！
前行是永恒的恩典！

那在雨云中闪电的渴望，
那在沙漠里炙烤的净纯，
那落花上散落的
隐藏芳香般的爱恋，
那泪水洗过的明亮，
那被脚践踏的无情，
我知道荒漠与沃土上，
颗颗尘埃的颤抖！
每一个脚步带着律动前进！

天空是我的梦灿烂、皎洁，
世界是我永远熟知的伴侣，
这充满鲜花与荆棘的永新的道路
是用我的希望铺成，
眼中的泪水将它浸湿，
尘土也如天堂般亮丽，

我知道快乐的欢畅痛苦的沉重

我知道生命每一个瞬间！

消逝即是创建！

■《灯焰》-51